花《はな》の行方《ゆくえ》

河相《かわい》 洌《きよし》

文芸社

一

昭和八（一九三三年）年五月、中国上海にも朝日が昇っていた。揚子江に面した埠頭には活気があった。数隻の外国船が停泊し、荷を担いだ中国人作業員が往き来していた。

前年に引き起こされた上海事変の傷跡は残っていたが、国際都市上海の素顔に変わりはなかった。外国の支配による租界は依然存在した。居留民保護の名目の元、外国軍隊が駐屯したが、日本からは海軍の陸戦部隊が、共同租界に軍艦旗を翻している。

こうした情勢の中で、その年に入って間もなく、少壮の外交官中山武《たけし》は、上海総領事館、総領事として赴任した。彼は高等文官試験に合格してから外務省に入り、将来を嘱望されるエリート官僚であった。

同伴した妻の公子《きみこ》は齢も若く、彼女の美しさは人目を引いた。

二人の子ども、栄一《えいいち》と由利《ゆり》は、小学三年と一年、育ちの良さが窺われた。公子は最初、由利をアメリカンスクールに入れたいと思っていたが、夫の武は賛成しなかった。

「アメリカンスクールに入れれば、英語は上手になるだろうが、日本の教育は受けられない。日本人は、日本の教育を受けることが大事だよ」

彼女は夫の意見に従い、二人を、唯一の日本人小学校に入学させた。

邦人居留民の子弟が通うこの学校は、在校生が二百人程度の小さな学校である。

ここ十年来、学校長の職にある中野は五十恰好、角ばった顔の男だった。

「私は上海が好きで、ここで勤め上げたいと思っています」

それほど彼は上海に惚れ込んでいた。

守衛はインド人の中年男だが、彼は腹が突き出るほどでっぷり肥り、頭にはターバンを巻き、いつもにこにこしている。生徒たちも「インドのおじさん」と呼んで懐いていた。

妻の公子は、熱心なカトリック信者であった。夫の武は無神論者だったが、妻の信仰についてはは理解を示していた。当然ながら、二人の子どもは幼児洗礼である。彼女は二人のうち、どちらかが司祭か修道女にならないかと、密かに願望を抱くほどだった。

日曜日には二人の子どもを連れ、上海における唯一のカトリック教会、天主堂の礼拝に与ることを欠かさなかった。

この教会を預かるフランス人のロベルト神父は、長らくこの土地に住む老司祭である。彼の布教の賜物か、中国人信徒も多く、日曜礼拝には、百人もの信者が集まるほどの盛況であった。

二

三年前から同じ総領事館に勤務する向井《むかい》淳吉《じゅんきち》は、齢は中山武よりはるかに上だが、地位は三等書記官だった。彼は高等文官試験を受けることなく、書記生として入省し、実直な人柄が認められ、長らく会計課の仕事をしていた。だがやがて書記官に昇進し、外地に赴任することとなった。彼は上海にある日本の私立大学、東亜同文書院で学んでいる。それだけに中国語は堪能だった。一時は南米ブラジルに赴任したこともあったが、外交官生活のほとんどを、中国大陸で送っていた。

中山武は、向井淳吉との地位の違いなどを、眼中に入れなかった。彼は先輩の向井に敬意を払い、親しく交わった。

「向井さんは人柄もよく、貴重な人材だ。役所はあのような人を、大事にしなければいけない」

彼は妻の公子に、口癖のように語っていた。

「奥様もとても親切な方ですよ。何かと教えて下さるんです」

彼女も夫の意見に、賛意を表していた。

こうして、中山と向井の家は、家族ぐるみの交際になった。向井家には、栄一や由利と同年の姉弟がいた。姉の静子、弟の義男である。彼らは、恰好の遊び相手であった。

三

中山夫妻と同行して来た関口かよは、栄一と由利の家庭教師であった。齢の頃二四、五、うら若く美しかった。

外交官の生活は、招いたり招かれたりと、世間付き合いに忙しい。その度ごとに、かよは二人の世話を一手に引き受けた。

「かよさんがいるから、安心して出掛けられるわ」

「その通りだ。あの人はなかなか頭がいいよ」

夫妻はかよがすっかり気に入っていた。

子どもたちはとかく夜更かしをしたがる。

「さあ、もう八時になりましたよ。明日も学校がありますからおやすみにしましょう」

彼女は優しく言い聞かせ、二人を寝室に促した。二人もかよにすっかり懐き、彼女の言うことには大人しく従うのだった。

一仕事終わってから、かよは郷里の姉に手紙を書いた。


「姉上様すっかり御無沙汰を致しましたが、お元気でしょうか。

当地に来ましてから数ヶ月になりますが、この土地の水にもすっかり慣れました。それに中山様御夫妻は、とてもよい方で、何かと目をかけて下さいます。二人のお子様たちも、私を姉のように慕って下さるのです。

先日お二人と、仲良しの向井さんのお子さん方も一緒に、近くの新公園に参りました。ここはイギリス人の経営する立派な公園です。

公園の入り口で驚いたことは、「中国人と犬は入るべからず」と書いてあることでした。恐らく綺麗な公園が汚れるというのでしょう。確かに中国人の労働者には、不潔な人が沢山おります。でも中国人総てが、そうではないのです。こう書かれては、中国人にとって大変な屈辱と思います。

上海には以前から、陸戦隊と呼ばれる日本海軍の部隊が駐屯しています。先日、陸戦隊のお祭りに招待され、お子様方と参りました。若い水兵さんたちが、にこやかに迎えて下さいましたが、外国の土地に軍隊がいて、私たちを守ってくれねばならない現実は、なんとも悲しいことではないでしょうか。　後略」

最初は異国の地に不安を抱いていた彼女だったが温かな家庭に迎えられ、その不安はなくなり、今は生き甲斐をさえ感じていた。

四

デキシー路にある中山武の家と、スコット路の向井淳吉の家は、さほど遠くない。四人の子どもたちはお互いに訪ねあい、遊び戯れていた。

その日も栄一と由利は、連れ立って向井家に足を運んだ。

静子と義男を交えての遊びは、トランプの7並べから始まる。それぞれが手にしたカードから7の札を出し、順番に前後をつないで行く。パスは三回である。一番早く、手持ちのカードを並べ切った者が勝ちだが、義男はいつも相手が持っているカードを読んで、勝利者になることが多かった。逆に由利には、なかなか勝ちが回ってこない。

「よっちゃんは上手ね。人の邪魔をしては勝ってるわね」

勝気な彼女は内心穏やかではない。不満の色をあらわにしている。

「そうじゃあない。運があるだけだよ、ゆうちゃん」

義男は笑って相手にしない。二人はいつも張り合うのだが、仲がよかった。

カード遊びが一段落すれば、後は庭に出て陣取り合戦だ。ここでは常に由利が先手を取っていた。負けん気の強い由利にとっては、一番性に合う遊びだった。

「皆さん帰っていらっしゃい。おやつですよ」

向井夫人の幸恵《ゆきえ》が、窓越しに声をかけた。

テーブルにはホットケーキの皿が並んでいる。

「戴きまあす」

真っ先にフォークを取り上げるのは由利だった。

「美味しい。これどうやって作るんですか、おば様」

「大したことはないのよ。ホットケーキの素というのがあるから、それをといて焼くだけよ」

「それなら私もやってみよう」

由利は何にでも、関心を持つ子であった。

時折栄一と由利は、向井の家に泊まりこんだ。静子と由利、栄一と義男が枕を並べた。そうした時に、栄一はよく義男に話しかけた。

「よっちゃん、大きくなったら何になるつもりかい」

「まだよく解らないけれど、栄ちゃんは？」

「僕はお父さんのように、外交官になるつもりだよ」

「それはいいな。僕もそうしよう」

二人は小さな胸をふくらませながら、眠りについていった。

五

その夜も中山邸では、パーティーが開かれていた。たまたま上海を訪れていた歌手の藤原義江《よしえ》が主賓であった。

「今日はきっと藤原さんが歌って下さるから、かよさんも子どもたちとお聴きなさいよ。藤原さんは日本一のテナーですからね」

公子はそう言い残すと、客間に急いだ。

頃合いをみはからって、かよは栄一と由利を伴い、客室の電灯の光がほとんど届かないぐらい暗い片隅に腰を下ろした。二部屋を一つにした広い客室である。客室中央の明るいところでは、数人の人たちが談笑している。

「あっ、あの方がいらっしゃる」

かよは思わず呟いた。

そこには青年外交官の片倉正吾《しょうご》が、微笑を浮かべながら座っていたのだった。彼女は既に片倉とは面識があった。

――ある日の午後、玄関のベルが鳴ったので、かよは急いで扉を開けた。そこには背が高く、眉の秀でた青年が立っていた。二人の視線が合った時、かよは射すくめられたように、そっと視線をそらした。

「中山さんはご在宅でしょうか」

「ご主人様はお出掛けでございますが」

「そうでしたか。それではまた参ります。あなたとは初めてお会いしますね。私は片倉正吾と申します。どうぞよろしく」

「恐れ入ります。私は関口かよでございます。よろしく」

遅ればせながら、かよは静かに応じた。

その日以来、かよは片倉正吾の姿が折に触れ浮かんでは消えるのを、不思議と思わずにいられなかった。

その片倉が、今正面に座っているのだ。彼女はかすかなときめきを感ぜずにいられなかった。

やがて拍手に応じ、藤原義江がすっくと立ち上がった。電灯の明かりに照らし出された彼の顔立ちは、面長、瞳は大きく、鼻筋は通り、すべて整っていた。かよは正直に美しいと思った。

夫人のピアノ伴奏に合わせ、彼は歌いだした。

「ドンとドンとドンと波乗り越えて、一ちょう、二ちょう三ちょう、八ちょうろで飛ばしゃ……」

勇壮な『出船の歌』である。彼は体で調子をとりながら、楽しそうに歌い上げた。盛んな拍手の中を、ゆっくり腰を下ろした藤原は、満面の笑顔だった。

（これが日本一のテナーの声だわ）

初めて聴く歌声に、かよは深い感銘を覚えた。

「案外小さな声だね。もっと大きいかと思ってた」

傍らの栄一が囁いた。

「ホールとは違って小さなお部屋ですから、抑えていらっしゃるんですよ」

「そうか」

彼は納得顔だった。


「さあ終わりましたから帰りましょう」

かよは子どもたち二人を促した。

「もうちょっといいんじゃない。それにお腹がへったわ。何かないの」

由利が一粘りした。

「これはお部屋に帰ってからにしましょう。ここはお客様がいらっしゃいますから」

かよは再度二人を促した。

客間を出る前に、片倉正吾に視線を走らせたかよは、はっとした。片倉の視線が、彼女の方に向けられていたからだった。

「この暗がりで見えるはずはないのに……」

だが青年の鋭い視覚は、彼女の影形をしっかり捉えていた。

彼女は恐れに似た思いに包まれ、部屋の扉を静かに閉ざした。

六

夏も終わり、秋風が漂う頃であった。世界有数のサーカス団、ドイツのハーゲンベックが、上海興行にやって来た。空き地に大天幕を張り巡らし、人々の関心を呼び込んだ。

「かよさん、ハーゲンベックの招待券を貰ったから、子どもたちと行ってらっしゃいよ。気晴らしになると思うわ」

公子がかよに誘いをかけた。

「ええ、行って参りますわ」

彼女は気軽に応じた。

休日の午後、かよは栄一と由利を伴い、サーカス場に赴いた。会場の中に一歩入った彼女は、眼を見張った。天幕小屋とは名ばかり、劇場のように整っていたからだ。

「さすがは世界一のサーカス団だ。靖国神社のお祭りにかかっていたサーカス小屋とは、雲泥の差だわ」

かよは二人に座席を勧め、自分も傍らに腰を下ろした。

会場では、既に演技が始まっていた。

突然縞馬が三頭現れ、後ろ足で立ち、音楽に合わせ踊り始めた。

「やあ、馬が踊っている」

栄一が歓声を上げた。

無表情で踊っている馬たちに、観客からいっせいに笑いが湧き上がった。縞馬が引き下がると、次いで一頭の熊が現れ、立ち上がって毬ころがしを始めた。なんとも愛嬌のある姿である。満場の拍手を浴びながら、熊は巧みにボールを転がしながら、場内を一周した。次々に現れる動物たちの演技に、人々は驚きと好奇心で満たされていた。

休憩に入った時であった。

「関口さん」

一声かけられ、かよは思わず振り向いた。笑いながら、片倉正吾が近付いて来ているのだった。

「あら、いらっしゃってたんですか」

彼女は努めて冷静を装い微笑を浮かべた。

「ええ、面白そうだからやって来たんですが見事ですね」

片倉はそう言いながら、隣の空席に腰を下ろした。場内では軽やかな音楽が流れている。

「あれだけ動物に芸を仕込むのは大変だったでしょうね。素晴らしい」

片倉が再度感嘆の声を漏らした。

「ええ、やはり世界一ですわ」

かよは相槌を打った。

「ところで、慣れない土地にいらしての生活はいかがですか。ご不安はありませんか」

話がかよの身の上に及んだ。

「最初はちょっと不安でしたが、中山さんのお二人が温かく迎えてくださったので、すっかり無くなりました」

「それはよかったですね。中山さんご夫妻は、本当によい方です。新米の私も目をかけていただき、引き立ててくださるんです。しかし中山さんは、あと一年くらいで本省にお帰りではないでしょうかね。ここは転勤が早いんです」

「その時は私も日本に帰りますわ。片倉さんはまだここでお勤めですか」

「ええ、私は駆け出しですからまだまだ。もっと奥地にやられるかもしれませんよ」

片倉は愉快そうだった。


やがて呼び物の空中サーカスが始まろうとしていた。その前座であろうか、頭の禿げ上がった小柄な男が、玩具のような車に乗って現れた。彼が場内を一周しはじめた時、男の頭から噴水が湧き上がった。突然の珍事に、観客はいっせいにどよめいた。

「あの水はどこから出ているんでしょう」

かよは思わず呟いた。

「なに、トリックがあるんですよ。ただそれがどういう仕掛けか、解らないな」

片倉は思案げに答えた。

男が姿を消すと、賑やかな音楽の中を、空中サーカスが開始された。

若い男女二人が、それぞれブランコを大きく漕いでいる。その内、女が空中に躍り出ると見るや、差し出した男の手にしっかり掴まった。手放しで揺れているブランコに合わせ、二人は笑っている。暫く揺らしてから、女が自分のブランコに飛び帰った。

あまりの離れ技に、観客はいっせいにどよめいた。

「まさに神技ですね。あそこまでなるには、随分失敗もしたでしょうね。立派なものだ」

片倉は賛嘆を惜しまなかった。

「さすが世界一ですわ。靖国神社のサーカスとは格が違います」

かよも一際感心した。

すべてが終わると片倉は、三人を英国製の愛用車に乗せ、中山邸に向かった。

「今日はご一緒できて楽しかったですよ。この次は、皆でドライブをしましょうかね」

片倉はいたって上機嫌だった。

七

中山家にとって、二年目の春が過ぎようとしていた。

ある日、役所から帰って来た武が、妻の公子に告げた。

「向井さんが転勤するようだ」

「まあ、どちらへ」

「広東の総領事館だな。彼にはまだ残ってもらいたいんだが」

「子どもたちも仲良しになっていたのに、淋しくなりますね。片倉さんは？」

「彼はこれからの人だから、暫く上海勤めだろう」

「それじゃあお嫁さんの世話でもしてあげなきゃあいけないかしら」

公子の世話好き癖が顔を覗かせた。

「それはまだ早いよ。かよさんの方が先ではないかな」

「そうね。片倉さんとは年齢恰好もいいけれど」

「まあ程々にしておけよ」

武は相変わらずと苦笑した。


天主堂における日曜礼拝を欠かしたことのない公子は、よくかよを教会に誘った。その度ごとに、彼女は素直に応じていた。

少女時代に両親を亡くし、淋しい環境で育ったかよは、何か大きな力に頼りたいとの思いがあった。人間がどこから来て、どこへ行くかも謎であった。

「お嬢さん、よくおいで下さいました」

髭のロベルト神父は、温かく彼女を迎えた。

「これから色々お話し合いをしましょう」

「よろしくお願い致します」

かよは神父の温顔に、心和む思いであった。

礼拝堂の中で一心に祈る信徒たちの姿に、彼女は一種の羨望を感じていた。

「見ずして信ずる者は幸いなりと言うが、簡単にあの方々のようになるとは考えられない」

信仰の世界は、かよにとって遠い存在でもあった。

年度替わりが近付いたある日、広東に転勤が決まった向井淳吉夫妻が中山邸を訪ねてきた。別れの挨拶である。

「大変お世話になりました。今後ともどうぞよろしく」

夫妻は交々礼を述べ合った。

「こちらこそです。向井さんにはもっと上海にいていただきたかったな」

武は心から別離を惜しんだ。「日中関係が非常に難しくなっています。あちらへ行きましても、情報収集に努めるつもりです」

「是非そうお願いします。いつ何が起こるか解りません。軍部の動きが気になります」

武は顔を曇らせた。

「その通りです。中央の指示に従わない先走りがいますからね」

淳吉は相槌を打った。

「お子さん方の学校はどうなるんですか」

公子が話題を転じた。

「広東には日本人学校がありませんから、日本に連れて帰って、東京の母に頼むつもりです」

「お互い子供の学校では苦労しますわね」

「外交官の宿命でしょうかしら」

幸恵は苦笑していた。

別れ際に、公子は用意してあった餞別の品を幸恵に手渡した。翡翠のペンダントである。

「まあ素晴らしいこと」

深く透き通った翡翠の美しさに、彼女は感嘆を惜しまなかった。

翌日、静子と義男が栄一たちを訪ねて来た。

「もう僕たち会えないんだね。残念だな」

栄一は大人びた口を利いた。

「仕方がないわ。私たちもうすぐ中学生になるんですもの。栄ちゃんだって同じでしょう」

静子はいつも穏やかであった。

「そうだね。僕たちもいつか日本に帰るな」

栄一はしたり顔だった。

「よっちゃんはおばあちゃんと一緒に暮らすんだってね？」

由利は何かにつけ、義男を競争相手にしていたが、内心は彼を好ましく思っていた。

「そうだよ。おばあちゃんは優しい人だから……」

義男はさっぱりしていた。

「手紙を頂戴」

「うん、書くよ。ゆうちゃんは返事をくれるかい」

「もちろんよ」

二人は顔を見合わせて笑った。

八

中山武が上海在任三年目の春を迎えようとしていた矢先、彼に帰朝命令が届いた。本省、情報部長の要職が彼に与えられたのであった。

公子にとって帰国は好都合だった。栄一は四月には中学生になる。由利もすぐ後を追うことになる。その点を心配しないでも済むことは、何よりも有り難い。あとは栄一が進学する学校のことを考えればよいのだった。

一方、かよにとっても、家庭教師としての大任を果たせる点から見て、望ましかった。ただ片倉正吾への淡い思いも、これで消え去るのかと思うと、なんとなくわびしかった。

片倉とはハーゲンベックでの出会い以来、ゆっくり話し合う機会がなかった。あの日別れの際、「どこかにドライブをしましょうか」などと、調子のよい話もあったが、その後彼から誘いの話もないまま打ち過ぎてしまった。中山家を訪ねてくる片倉には、何度となく出会っている。その際、親しげに言葉をかけてくれるのだが、それ以上の話が出来るわけもなかった。

中山家の帰国の日が、刻々近づいていた。それにつれ、かよは微かな焦りを感じた。

「このままにしてしまえば、あの方との縁は切れてしまう。少しでも私の気持ちをお伝えするのが正しいのではないだろうか。それには手紙を書くほかはない」

彼女はそう思い立ち、あらためて机に向かった。

だがいざとなると、思案が湧いてきた。

「このようなことをしたら、はしたない女と思われるのではないだろうか。私の思いを、もうあの方は察しておられるのではないだろうか。そうだとすれば、このまま去ってゆくのが、正しい選択かもしれない」

手をこまねいた彼女は、机の前から立ち上がっていた。

だが一日、二日経つと、かよは思いなおしていた。

「このままでは気持ちがおさまらない。矢張り手紙を書こう」

彼女は再び机に向かった。

「片倉正吾様
早春となりましたが、お変わり御座いませんか。何時も優しいお言葉をかけて戴き、有難う御座います。

既に御承知かと思いますが、中山様の転勤に伴い、私も日本に帰ります。もうお会い出来ないと思うと、淋しいのですが、致し方ありません。家庭教師という大事なお役も、これでお終いになりましょう。その後は、また一人で仕事をするつもりです。

片倉様におかれましても、どうぞお元気で御活躍下さい。またお会い出来る日がありますようにと、心から願っております。

関口かよ」

彼女は感情を抑えつつ書き終わると、読み返した。

「書き足りないとも思うが、この程度にしておこう」

総引揚となると、後片付けが忙しい。三年も居れば品物も増える。すっかり綺麗にして、後任の人に渡さねばならず、公子とかよは、そのことに忙殺されていた。

その中にあって、かよは片倉に宛てた手紙のことを忘れてはいなかった。

「果たしてお返事が戴けるのだろうか。あの方のことだから、必ず下さるに違いない」

そうは思ったものの、不安が付きまとっていた。

朝靄の漂う上海埠頭に、横浜─上海間を結ぶ定期船「秩父丸」が、今日の出港を待つばかりになっていた。

この船で帰国する中山一家は早めに乗船し、手荷物を船室に置くと、甲板に出て、見送りの人たちを待った。かよは栄一、由利と共に、夫妻からやや離れた後方に立っていた。二、三の見送り人と挨拶を交わしている内、タラップを速足に上がって来る片倉正吾の姿を、かよの視線が捉えた。

「あっ、矢張りいらしたのだ」

彼女はほっと安堵の色を浮かべた。

船橋に上がった片倉は、かよに目礼してから、中山武に深々と頭を下げた。

「先ほど視察から帰って来たばかりです。お見送りが出来ないのではないかと心配しておりました」

「それはそれはご苦労様。それで向こうの様子はどうでした」

中山は実務的に尋ねた。

「北京も南京も、表面的には変わっていませんが、裏ではかなり厳しいものを感じました。蔣介石の率る国民党の工作員が、相当暗躍しているようです。偶発的な出来事がなければよいのですが」

「なるほど。軍部には、無鉄砲なやつがいますからね。政府はしっかりしていなければならないな。また的確な情報を送って下さい」

「解りました」

片倉は一呼吸置いてから、公子に挨拶をした。

「奥様、大変お世話になりました。有り難うございます」

「いいえ。お疲れのところを、わざわざお見送りいただいて恐れ入ります。たいしたお世話も出来ずじまいになってしまいましたわ」

彼女は愛想よく応じた。

「とんでもございません」

一礼した片倉は、かよの方に歩み寄った。

「お手紙を今朝拝読しました。お気持ちはよく解ります。私もゆっくりお話もせぬまま、お別れするのは残念です。いずれ日本に帰ることになりましょうから、またお会いしたいと思います」

「私も是非。どうぞお元気で」

かよはそう答えるのが、精一杯だった。

やがて出帆を告げる銅鑼の音に促され、片倉も見送りの人たちと共に、タラップを降りていった。

九

三日の行程を経た後、秩父丸は無事横浜港岸壁に接岸した。

甲板に立ったかよは、昔変わらぬ故国の姿に安堵した。上海での三年間が、辛かったわけではない。だが矢張り異国である。すっかり心を許しての日々とは言えなかった。

「これで家庭教師のお仕事も終わりになるだろう。よい想い出を沢山残していただいた。また独りでの生活に戻ろう」

彼女は将来に思いをはせた。

「片倉さんとは遠く離れることになったが、別れの時に言われた言葉は、単なる儀礼的なものだったのだろうか。それとも本当のお気持ちだろうか。是非そうであって欲しい。私の思いに変わりはないのだから」

あらためて片倉への思慕が湧いてくるのだった。

中山武が要職に就いてから程なく、北京郊外で、日中間に偶発的な武力衝突が起こった。盧溝橋事件である。

当初日本政府は、不拡大方針であったが、現地の陸軍部隊が暴走し、戦火は拡大した。

蔣介石が率る南京政府は徹底抗戦を叫び、国民党と共産党は合作して、対日共同戦線を展開した。

日中戦争の開始によって、外交関係も断絶し、南京にある大使館を始めとして、在中公館は閉鎖された。だが本省の要職にある中山武は、多忙を極めた。集まってくる情報を整理し、大臣に報告しなければならない。一方新聞関係からは、政府の公式見解を問われる。彼らは深夜でも、平然と中山邸を訪ねて来た。その度ごとに、公子も応対に暇がなかった。

かよは帰国後、早々に暇乞いをするつもりでいたが、公子は「もう暫く留まって欲しい」と強く願った。多忙な自分とともに、家事や子どもたちの教育を、手伝ってもらいたいと思ったからだった。かよは懇望にほだされ、引き続き中山家に残ることにした。

栄一はG中学の一年生、由利はS女学院の初等部に入っていた。共にミッション系の学校である。

栄一は公子に似て、目鼻立ちも整い美少年だったが、由利は父親似で、とても美少女とは言えなかった。

「由利は私に似ていたらよかったのに」

公子は時折残念がったが、彼女の利発なからっとした性格を、何よりも好ましく思っていた。

一足先に帰国した向井静子と義男は、東京の郊外烏山で、祖母の桂子と暮らしていた。既に夫を見送り、独り暮らしの彼女にとって、孫たちの世話は、恰好の仕事だった。

「栄ちゃんたちが帰って来たようよ。会いに行かない?」

静子が義男を誘った。

「うん、行こう」

休日、二人は連れ立って、都心にある中山家を訪問した。

久し振りに会った四人の間には、懐かしさが漲っていた。もう陣取り合戦に興ずる齢でもない。上海での思い出や、今の学校生活に話が弾んだ。

栄一と静子は中学生だが、まだ青春の花が開ききっていない。お互いに交わす視線にも無邪気さがあった。

だが義男を見詰める由利の瞳には、何となく大人らしさがこめられている。

「由利は静子さんより体が大きいぐらいだし、成長が早いようだ。この子の将来はどうなって行くのだろう」

公子は、由利の成長振りに目を見張っていた。

一〇

朝の仕事が一段落したかよは、その夜の食材を買いに町へ出掛けた。

東京の中山家に落ち着いてから一年になるが、公子とは気心も通じ、子どもたちも変わらずに実の姉のように慕ってくれる。今の生活に、何の不足もなかった。ただ自分の未来を考えた時、このままで過ごすわけには行かないとの思いはあった。

用事を済ませ帰宅した彼女は、裏口から入り、「ただいま」と声をかけた。

「あらお帰りなさい。今、片倉さんが見えているのよ」

公子の一言に、わが耳を疑った。

(忘れもせぬ片倉様がいらしているとは……)

彼女は衣服をあらためてから、静かに応接室のドアを開けた。

「やあお久し振りですね。やっと帰ってきましたよ」

変わらぬ笑顔で、片倉正吾が座っていた。

「ご無事にお帰りで、何よりでございました」

かよは丁寧に頭を下げた。

「こちらにお座りなさいよ。私ちょっと持って来るものがあるから、お相手をして」

公子はそそくさと部屋を出て行った。

「上海からお便りをしようと思ったのですけれど、宛先がわからずに時間が経ってしまい、失礼しました」

「いいえ。どうしていらっしゃるか、案じておりました」

「有り難う。一度ゆっくりお話をしたいと思っています」

「是非。当分日本にいらっしゃいますか」

「それは未だわからないんです」

公子が戻って来たことによって、二人の会話は打ち切られた。

「お帰りになって早々だけど、片倉さんは結婚の意志がおありなんでしょう?」

公子は遠慮なく切り出した。

「ええ、まあ。いずれはと思っておりますが」

片倉はやや当惑気味だった。

「それならこの写真をご覧になって」

彼女は台紙に入った写真を手渡した。

「ほほう、容姿端麗な方ですね」

片倉は素直に応じた。

「そうです。それにS女学院のご卒業だから、語学力もおありですよ。お父様は宮内省にお勤めで、天皇陛下の側近だそうです」

「それはそれは。立派な方ですね」

片倉は話をそらさず、礼儀正しかった。

「お気持ちがありましたら、いつでもお話をしますよ。ところで片倉さんは情報部に属していらっしゃるそうですね」

公子は話題を転じた。

「ええ、中山さんの下で走り使いをやっています」

「中山は人使いが荒いから、ご迷惑をかけているかもしれませんね」

「いいえ。目をかけて戴いています。中山さんは有能な方で、大臣候補と言われております」

「まあ、とんでもない」

公子は明るく笑った。

彼女の気質をよく呑み込んでいるかよは、微笑を浮かべながら二人の会話を聞いていた。

思わぬ片倉の訪問を受けてから数日後、かよは郵便受けに自分宛ての封書が一通届いているのに気付いた。裏を返して見ると、片倉正吾とある。期待と不安が胸を過《よぎ》り自室に籠もって封を開いた。

関口かよ様
先日は失礼致しました。お元気なお姿に接し、大変嬉しく思いました。
さて上海でお会いして以来、あなたのことは、ずっと私の心の中に留まっていたのです。一度胸の内を、御伝えしなければならないと思っていたのです。

先日中山様の奥様から、あのようなお話がありましたが、勿論私がお受けすることはありません。それもあなたあっての事だからです。

近々、是非お会いしたいと思っております。本日は私の偽らぬ気持ちをお伝えしました。

片倉正吾

読み進むにつれ、かよの胸には喜びが沸いてきた。

「あの方は私を愛して下さっている。私の思いが届いたのだ」

彼女は心を弾ませながら、手紙を読み返していた。

二

五月のある日、片倉正吾とかよは鎌倉の海岸を散策していた。お互いに親愛の手紙を交わして以来、何度かの出会いを重ねてきた。その間に信頼は深まり、気心も通じ合っていた。

やがて、海岸に備えられたベンチに、二人は腰を下ろした。

暫く片倉正吾は、はるか彼方の水平線に視線を注いでいたが、やおら、かよの方に向き直った。

「かよさん、あらたまったようですが、僕と将来を歩んで下さいますか」

彼の一言には、真実がこもっていた。

「ええ、勿論ご一緒しますわ」

彼女は躊躇なく応じた。

「有り難う。もう僕たちは切っても切れない仲なんですね」

「その通りです」

微笑を交わす二人を、夏の海から吹き寄せる風は、爽やかに包み込んでいた。

片倉が言葉を継いだ。

「僕には両親も兄弟もなし天涯孤独ですから、いつ結婚するも自由ですが、それには少し事情があるのです」

彼の話によると、中山武は近々部長職を離れ、無任所公使の資格で、半年間、ヨーロッパから中南米の視察派遣されることになっていた。その際、フランス語に堪能な片倉正吾に、秘書としての同行を内々打診されているのだった。

「中山さんは、いつも僕に目をかけて下さいます。それに、今世界の情勢は緊迫していますから、視野を広げる点からいっても大変有益な仕事だと思うんです」

「確かにそうですわ。是非いってらして下さい。私も姉が一人いるだけですから、身の振り方は自由なんです」

かよは何よりも、片倉正吾の前途が開かれるのを喜んでいた。

その年の六月、かよは外国へ視察旅行に赴く中山武と片倉正吾の二人を、横浜港に見送った。公子と栄一や由利も、埠頭に佇んでいる。人々は五色のテープを投げ合い、共に別れを惜しんだ。やがて船は岸壁を離れ、乗客の姿は、次第に小さくなっていった。

「半年すれば、また会える」

そうは思ったものの、かよには一抹の淋しさが漂っていた。

日をおかずして、かよは片倉との間柄を、公子に打ち明けた。

「まあ、そうだったの。ちっとも知らなかったわ、私としたことがどうしたんでしょう」

彼女は驚きの色を隠さなかった。

「とてもお似合いのお二人よ。きっと良い家庭が出来上がるわ。でも結婚するまでは、ここにいらしてね」

「はい、私もそのつもりでおります」

「有り難う」

公子にとって、頼りがいのある、かよであった。

暫くしてから、片倉正吾の手紙がかよの許に届いた。

「かよさん、元気にしていますか。こちらは三日前に、パリに着いたところです。花のパリと言われますが、それどころか、緊張感が漂っています。ヨーロッパのどの国を回ってみても、同様な雰囲気があります。それほどヨーロッパの政治情勢は、厳しいものがあるのです。ここでの視察を終わったら、南米に渡ります。私はお蔭様で元気一杯。中山さんとは気心も合って、楽しく仕事をしています。また南米に着きましたら便りをしましょう。体に気をつけて下さい」

待ち侘びていた手紙を、かよは二度三度読み返し、心安まる思いだった。

一方、彼が手紙の中で漏らした懸念は、現実のものとなった。

昭和一四（一九三九）年九月、ヒトラーの率いるナチスドイツは、ポーランドに侵攻した。ポーランドと同盟関係にある英、仏は、直ちにドイツに宣戦布告し、第二次世界大戦の火蓋が切られた。

ドイツの精鋭部隊は、難攻と言われたマジノライン（対ドイツ要塞線）を突破し、パリを占領した。さらにフランス中部の町ビシーに、対独協力政府（ドイツ傀儡政権）を作り、フランス全土を支配する勢いであった。しかし、ロンドンに亡命したドゴール将軍は、抵抗組織「自由フランス」を立ち上げ、これに応じて、国内では地下抵抗運動「レジスタンス」がドイツ軍を悩ました。

他方、日中戦争は、膠着状態だった。日本軍は都市部を占領したが、農村部は支配できていない。共産軍のゲリラ活動に悩まされるありさまであった。

日本政府は、「蔣介石を相手にせず」と、占領した南京に、王兆明を首班とする傀儡政権を誕生させたが、重慶に逃れた蔣介石は、イギリス、アメリカの支援を受け、徹底抗戦を叫んだ。

こうして世界は、日本、ドイツ、イタリアの三国同盟と、イギリス、アメリカ、フランスの連合国側との対立抗争の渦に巻き込まれた。

そうした最中、中山武と片倉正吾は帰国した。

半年前とは打って変わり、かよは躍る気持ちで二人を迎えた。

「ご無事でお帰りになれて、何よりでございました」

「有り難う。片倉君には大変お世話になりましたよ」

二人の間柄を知る中山は、愛想よく振る舞った。

かよには大役を果たしてきた片倉正吾の姿が、一層頼もしく思われた。

(この人との結婚も、そう遠い先ではなかろう)

「この先の仕事が問題なんです。あなたと静かに、家庭生活が送れるところならいいんですが」

片倉は前途を思いやった。

その片倉に、南京にある中国大使館への赴任の辞令がもたらされた。

「上海での体験が買われたのでしょうが、今の南京では、戦場に赴くようなものです。僕たちの結婚は、すこし先に延ばしたほうがよいと思いますよ。中山さんは、スイス公使になられるそうですから、いずれ奥様も行かれることでしょう。そうすると、引き続き後を任されるのじゃあないかな」

彼はどこまでも慎重だった。そう思うと心が弾んだ。

一二

翌年早々、片倉正吾が南京に赴く日が訪れた。

「恐らく、一年か二年は日本に帰ることはないでしょう。早く落ち着きたいものですが、公務とあれば仕方がありませんよ。お互い辛抱ですね。かよさん、元気で待っていて下さいね」

「ええ、ご無事でお帰りになる日を待っていますわ」

二人は愛情をこめた視線を交わし合った。

一方、中山武はスイス公使として、既にジュネーブに着任していた。彼にとっては、流動するヨーロッパの情勢を、的確に本国に伝えるのが主な仕事だった。

妻の公子も、いずれ夫と合流しなければと思っていたが、片倉との結婚を控えているかよに、総てを任せてよいものかと、思案しながら日を過ごしていた。

そうしたある日、上海で別れた向井淳吉がひょっこり現れた。

「まあお久し振りですね。お帰りになっていたんですか」

公子は愛想よく彼を迎えた。

「ええ、訳あって戻って参りました」

話によると、来年定年を迎える向井は、帳家口における日本人居留民団の団長を引き受け、役所を辞したのであった。

「何分まだ子どもたちも小さいですから、もう一働きしなければなりません」

彼はふっと淋しげな笑いを浮かべた。

「お子様方はお元気ですか」

傍らのかよが尋ねた。

「ええ、中学生になると、結構忙しいようですね。栄一君や、由利さんはいかがです」

「同じことですわ。でも遊ぶことも大事だと思います」

「その通りです。またお邪魔するように申しましょう」

子煩悩な向井は嬉しそうだった。

「向井さん。かよさんは片倉さんと結婚されるんですよ」

公子はすかさず二人のことを明かした。

「ほほう、それは目出度いことですね。あなたと片倉さんはお似合いですよ。きっと良い家庭が作れるでしょう」

向井は心から祝福した。

「有り難うございます。彼が南京から帰ってからのことになりますけど」

かよは笑顔で答えた。

暫くして向井は腰を浮かした。

「それでは中山さんにどうぞよろしく。ご活躍をお祈りしています」

彼は一言残し去って行った。

「向井さんは張家口に行かれるそうだけど、あそこは気象条件も悪いと思うし、衛生状態もよくないいんじゃあないかしら」

一日千秋の思いで、待ち侘びていた片倉正吾の便りが、かよの許に届いたのは、初夏の頃であった。投函の日付は四月十日とあるから、かなり時間がかかっている。これから推しても、中国大陸の状況が、異常であることがかよには察せられた。

「かよさん、御無沙汰しましたがお元気ですか。こちらは当地に来てから、新しく出来た南京政府との連絡事務に忙殺されています。お便りをする暇もないほどだったのです。

南京政府を主宰する汪兆銘氏は、もともと国民党の党員で、蔣介石とは同志だったのです。それが日本の協力者になったのですから、その立場は微妙で、難しいものがあるでしょう。

南京市内には日本軍が駐留していますから、一応秩序は保たれていますが、郊外となると、必ずしも安全とは言えません。

ここで仕事をするのはやりがいもありますが、決して楽なことではないのです。これがどのくらい続くのか今のところは見当も立ちません。僕達の結婚も延び延びになってしまいますが残念とは言え、我慢しなければならないのです。御互い元気でその日を待ちましょう。

中山さんの奥様は、まだ日本におられますか。くれぐれもよろしく御伝え下さい。またお便りをします」

読み終わって、かよはふっと溜息を漏らした。

(正吾さんは大変厳しい所で仕事をしているのだ。私もしっかりしなければ。それに一年か二年は帰ってこられないだろう。中山の奥様は私に気兼ねして、スイス行きを見合わせていらっしゃる。この際、是非行っていただこう)

かよはその事を公子に打ち明けた。

「そう。そう言って下さるなら行きましょうかね。ただ世の中がどう変わって行くか不安ね」

公子は不安げに一言漏らした。

公子は思案しながらも、腰を上げていた。


公子を送り出したかよは、今までとは違い、栄一、由利の母親代わりであった。栄一は中学の最上級生、高校の受験を控えている。由利は中学三年生と、女性らしく健やかに成長していた。

日曜日には、栄一と由利は教会の礼拝を欠かさない。その度かよも同伴したが、彼女は信仰を受け入れたわけではなかった。

そうしたある日、久しく会わなかった向井静子と義男が二人を訪ねて来た。会えば直ぐに打ち解ける彼らである。

「静子さんは卒業したらどうするの」

栄一が静子に尋ねた。

「私は家でお稽古事をするけれど、英文タイプができるから、外のお仕事もするつもりよ。栄ちゃんはいずれ大学に進むんでしょ」

「そう。僕は外交官試験を受けるからね」

「義ちゃんも進学でしょ」

由利が言葉をつないだ。

「うん。僕もお父さんのようになりたいからね」

義男の声は弾んでいた。

「二人とも失敗のないように」

静子が優しく声をかけた。

由利は一段と男らしくなった義男を、心密かに頼もしく思っていた。

一三

片倉正吾が南京に赴任してから、一年の歳月が流れたが、帰国する気配は一向になかった。

一方、日中戦争は一層泥沼化し、解決の見通しは全くたたなかった。蔣介石政権を支援するアメリカとの対立が深まる中で、日米交渉が延々と続いた。アメリカは、中国大陸から日本軍の全面撤退を求めたが、日本はこれに応ぜず、遂に日米開戦に突入した。昭和一六（一九四一）年一二月八日のことであった。

日本国内は、戦時色一色に染まった。「鬼畜米英」「断固膺懲《ようちょう》」と誇張したスローガンが戦意を煽った。

ハワイ島、真珠湾の奇襲攻撃が大々的に報ぜられる一方、翌年二月には、難攻不落と言われたシンガポール英軍要塞を、日本陸軍が攻略した。

こうした最中、何の前触れもなく、片倉正吾が中国から帰国し、中山家の玄関に立っていた。二年振りの再会に、二人は思わず抱き合い喜びを分け合った。

「もうこれからは、国内でお勤めになるんでしょうね」

かよは強い期待を抱いていた。

「いや、そうはゆかないんです。シンガポールに赴任するように言われて帰って来たんです」

正吾の面には憂いが漂っていた。

シンガポールを占領した日本軍は軍政を敷いたが、現地人との良好な関係を結ぶため、新たな統治機構を設ける必要があった。そのために、片倉正吾は外務省から派遣されるのだった。

「僕たちの結婚は、また遅れてしまうけど、仕方がありません。ただ今度は、南京ほど長くはならないと思いますよ。帰ってきてからにしましょう。三度目の正直というところかな」

片倉正吾は微笑を浮かべ、かよを慰めた。

「ええご無事のお帰りをお待ちしていますわ。今度は糠喜びにならないように」

かよは明るく応じた。

五月に入って間もなく、片倉正吾がかよを訪ねて来た。

「いよいよシンガポールに行く日が決まったのです。来週八日ですが、これは一切秘密になっていますから、外部に漏らさないで下さい。

船団を組んでの旅ですが、僕は太洋丸という一万トンの船に乗ります。しかし今のインド洋も太平洋も戦場です。油断がなりませんよ。

かよさん、暫くお別れですが、必ず帰って来ます。待っていて下さい」

「ええ、ご無事でお帰りになって」

片倉正吾は思い余ったように、かよを激しくかき抱いた。二人は熱い抱擁の中に、一瞬我を忘れていた。

その日から一週間後、太洋丸の悲劇が起こった。

五月八日、軍人、民間人、合わせて約千五百人を乗せた太洋丸は、四隻の輸送船と共に、予定通り佐世保港を出帆した。だが、既に日本近海に出没しているアメリカ海軍の潜水艦によって察知された。港から程遠からぬ長崎沖を航行中、船団の中心である太洋丸が、待ち伏せしていた潜水艦の魚雷攻撃を受けたのだった。もともと客船だった太洋丸には、何の防備もない。忽ち沈没の憂き目に遭ってしまった。乗員は周りの船に救助されたが、その数は、三分の一の五百人余に過ぎなかった。船団は直ちに帰港し、この惨事は中央に報告された。

次週新聞各紙は、この出来事を一斉に報じた。しかし詳細は明らかにされなかった。

この記事を目にして、かよは驚愕した。

「抱いていた不安が現実のものとなった。正吾さんは無事だったのだろうか」

彼女は詳細を知るべく、急ぎ外務省に問い合わせた。

応対に出た係官は、かよの身分を知ると、一瞬沈黙してから言葉を継いだ。

「大変申しにくいことですが片倉さんのお名前が生存者の名簿にないのです。なんとも申し上げようがありません。私も片倉さんとは面識があります。優秀な方でした。残念なことです」

「解りました。有り難うございます」

かよは気丈に答えたが、ただただ呆然とし、目の前が真っ暗になった。

「必ず帰って来ると言ったのに、正吾さんは永遠にこの世から去ってしまった。なんと不条理なことか」

彼女は溢れる涙を留めようもなかった。

かよが打ち沈んでいる姿を、栄一と由利は訝しく思った。

「かよさん、どうかしたんですか」

栄一が心配そうに尋ねた。

「ええ、実は……」

かよは事のすべてを打ち明けた。

二人は暫く言葉もなかった。

「そうだったんですか。お気持ちはよく解ります」

栄一が優しく労わった。

「私たち、何もお力になれないわ」

由利もしんみりしていた。

「とんでもございません。私負けませんから」

かよはしいて笑顔を見せた。

次の日曜日、栄一と由利は、礼拝に出掛ける仕度をしていた。

「今日はお留守番をしますから、お二人でいらして下さい」

かよはなんとなく気が進まなかった。

独りになった彼女は物思いに沈んだ。片倉正吾のことが、浮かんでは消えて行く。いくら思ってもどうにもならないことは解っていたが、矢張り思い切ることが出来なかった。

「教会に行った方がよかったのではないだろうか。いつも言葉をかけて下さる神父様にお話しすれば、少しは胸の内が晴れたかもしれない」

そうも思いながら時を過ごしていた。

司祭の安田は四十恰好、温容の人だった。一度社会人を経験してから司祭になったので、世情にも通じ、視野が広かった。小さな教会を預かる彼は、そこに集まる人たちと交流することに、意を用いていた。

礼拝が終わってから、栄一と由利は、かよのことを司祭に打ち明けた。

「それはお気の毒なことでした。かよさんが教会へお出でになる気持ちになった折に、お慰めしましょう」

安田は決して事を急がなかった。

一四

かよが教会の門を潜ったのは、暫く時が過ぎてからのことであった。

一時は神も仏もないと、落胆したかよだが、日頃よく声をかけてくれる安田神父と話してみたい、恐らく栄一や由利が話しているだろう、と思うようになっていた。

礼拝が終わってから、安田神父は、かよを一室に招いた。

「この度は、大変残念なことでした。さぞお辛いであろうと、お察ししています。あなたのお気持ちは、痛いほどよく解ります。なぜかと言うと、私にも同じような体験があるからです。

それは……」

かよは安田の一言に、思わず息を呑んだ。

「私が二十代の後半の頃でした。兼ねてから相思相愛の人を、交通事故で失ったのです。このことについては、細々お話しすることはないと思います。

当時私はカトリック信者でした。私の家は代々カトリック信者で私は三代目、幼い時から、信仰一色の中で育ったのでした。常に神様を尊び、礼拝を欠かしたこともない模範的な信徒だったのです。相愛の人とは将来を約束し、順風に帆を張ったような毎日でした。

そうした最中で、思いがけない悲劇が起こったのです。余りのことに、暫くは茫然自失の状態でしたが、一方、このような不条理を、何故神様が許されるのか、疑問が湧いてならなかったのです。善良な市民である私に対し、それは余りにもひどい仕打ちではないか、私は心の中で、神様を呪ったほどでした。礼拝にも参加せず、ただ鬱々と日を過ごしていました」

安田はここで一息入れた。

「神父様はすぐに立ち直られたのですか」

かよが間をおかずに尋ねた。

「いや、そのようなことはありません。時間がかかりましたが、私が落ち込んでいた危ない考えを変えさせたのは、矢張り日頃読んでいた聖書の中の一節です。

旧約聖書の中にヨブ記というのがあります。これは旧約聖書の中で、文学書に分類されていますから、小説なのです。しかし単純な小説ではありません。人生の書、いや信仰の根本に触れている一節です。

そのお話をすると、ある地方にヨブという長者がいました。彼は大変な財産家で、常に神を畏れ敬う正しい人でした。

ある時、神が悪魔に向かって「お前はヨブを知っているだろう。あれほど立派な人間はいない」と申します。それに対し悪魔は、「彼はあなたから利益を受けているから、あなたを敬うのです。このあたりでやり方を変えたらどうですか」と誘いをかけます。

そこで神は悪魔に、ヨブの全財産を任せるのです。ここからヨブの苦難が始まります。彼は全財産を失い、家庭は崩壊し、彼自身は、全身を掻き毟《むし》らなければならない皮膚病におそわれた。彼の妻は神を呪った。だが彼は「神様は幸せを下さったのだから、不幸も戴こう」と、神に逆らうことはしません。しかしヨブも人の子です。「何故母の胎内にいる時に、死なせてくれなかったのか」と我が身を嘆きます。そこに三人の親しい友が現れ、この惨状を見て、「神は無垢な者をこのような残酷な目に遭わすことはない。これはお前が罪を犯し、悪を行ったからだ」と、それぞれ述べ立てます。これに対し、ヨブは真っ向から反論するのです。

「私は罪を犯さず、悪も行わず、正しい人間として生きてきた。それなのに何故このようにされるのか、答えて貰いたい」と神を訴えつづけるのです。その結果、神が姿を現し、ヨブを諭します。

「自分は、自然界、人間界を支配する絶大な力を持っている。人間の限られた知識で、私の業を知ろうとするのは間違いだ」

この一言に、ヨブは翻然として悟ります。そして「神与え神奪う、その御名は誉め讃えよ」と、彼は本来の姿にたちかえるのです。

ヨブ記の概略をお話ししましたが、当時の私はヨブ同様でした。真面目な生活をしていたのに、どうしてこのような酷い目に遭わねばならないのか、疑問と不満を持ち続けていたのです。しかしこの一節が、私の目を開かせてくれました。私もまた、自分の狭い知識の範囲で、神の業を推し量っていたのです。神の計りごとは、人間の考え及ばぬ所にあります。それを無条件に受け入れるのが、正しい生き方だと悟りました。それからは、ひたすら神の前に謙《へりくだ》る日々であったと思います。

今までお話ししたことを、関口さんがどう受け取られるか、それはご自由です。ただ人生の問題に答えを出せるのは、宗教としか言えないでしょう。宗教の道は、人間の知識や知恵を超えた権威あるものを信ずることから始まります。これが信仰の基本です。もっとも信仰は個人的な問題ですから、私がとやかく申し上げることではありません。ただ神に仕える司祭としては、神の愛が広く行き渡るようにと、常々願っております」

安田神父はここで口を閉ざした。

「有り難うございました。お話の内容は、よくよく解りました。私もしっかり考えてみたいと思います」

かよは一礼すると立ち上がっていた。

中山家に戻ったかよに、一足先に帰っていた栄一と由利が話しかけた。

「神父様から、何かお話がありましたか」

「ええ。とても良いお話をして下さいました」

「それは良かったわ。私たちはただお祈りをするだけよ」

「有り難うございます。勿体ないことですわ」

かよは幼かった二人がすっかり成長していることに、改めて目を見張った。

独り部屋に籠り、かよは物思いに耽っていた。

彼女はもともと無神論者ではなかった。人間を超えた超越者があるだろうと考えていたが、それは観念の上のことだった。今、逆境に立たされ、神と人との間柄を、まざまざと知らされる思いがした。

「今日の神父様のお話は、私の前途に明かりを灯すようなものだった。限りある人間の知識や知恵に頼るのではなく、広大無辺な神の意志を、素直に受け入れるところに光明があるのだ」

かよが受洗を申し出たのは、それから間もないことであった。

一五

昭和一七（一九四二）年の夏も終わりに近付く頃、中山武、公子夫妻は、帰国する運びとなった。それに先立ち、太洋丸の事件は、既に外務省から知らされていた。

「片倉君が殉死されたとは残念なことだった。前途有望な人だっただけに」

「かよさんが可愛そうだわ。さぞ落胆しているでしょうよ」

二人は交々顔を曇らせた。

モスクワ経由、シベリア鉄道の旅は長い。帰国したら熱海で一泊し、長路の旅で溜まった垢を落とそう、との報せを受けていたかよは、その日、栄一や由利と共に駅頭に出迎えた。

「お帰りなさい」

「お帰りなさいませ」

お互い笑顔の交歓である。

公子は、かよがいつもの明るい笑顔なのにほっとした。

伊豆七島を見はるかす旅館の一室に寛いだ彼らは、久々の再会を喜び合った。

ややあって、公子がかよに語りかけた。

「かよさん、今度のことは本当に残念だったわね。さぞ気落ちしていらっしゃるだろうと、お察ししていました」

「有り難うございます。最初は酷い衝撃でしたが、時間が経ち、安田神父様のお話を伺ったことで、考えが変わって参りました。信仰者の列に加えて戴き、今は落ち着いております」

「それは良かったわね。最初にお会いした時に、あなたがいつもと変わらず明るいので、これはどうしたことかと思ったの。あなたが進んで信仰の道に入られたのは、何よりのことよ。安心したわ」

公子は喜びの色を浮かべた。

「おかげさまで。もう迷うこともありません。それにつけ、奥様とのお約束も果たしましたので、この辺りで、お暇をさせていただいた方がよろしいかと思っております」

かよは思いのままを打ち明けた。

「それはちょっと待って頂戴。あなたは家族の一員同様なのだから、あなたさえよければ、ここにいて、私を助けて欲しいわ」

公子の誘いに、かよは少し沈黙し考えたが、新生活への望みが絶たれた今日、ここまで期待を持たれているのなら、あらためてこの家のために働こうと思いなおした。それに幼い時から見守ってきた、栄一や由利が、一本立ちするのを見届けたい、との願いもあった。

「お気持ちは有り難くお受けしたいと存じます」

彼女は笑顔で応じた。

一方、本省に戻った中山武には、欧亜局長の要職が待っていた。官僚としての彼の前途は、順風に帆を張るも同然だった。

ある日、帰宅した武が、公子に一言漏らした。

「向井さんが亡くなったそうだ。片倉君といい、向井さんといい、惜しい人が次々に去って行く。人の世は無常だな」

「またどうして……」

公子は愕然とした。以前、向井淳吉が別れの挨拶に来た日のことを思い出していた。

「疫病だそうだ。張家口は衛生環境の悪い所だからな」

「矢張りそうだったのですか」

彼女は自分も抱いた不安が、現実となったことを慨嘆した。

「奥様はどうしていらっしゃるだろうか」


間をおかずに、公子は郊外にある向井邸を訪ねた。

現地で荼毘にふされた向井淳吉の遺骨は、既に我が家に戻っていた。

公子はその前で静かに手を合わせたが、最後に会った折、「もう一働きしなければならない」と語った向井淳吉の淋しげな表情が浮かび、胸がつまった。

「この度はとんだことでございました。さぞお力落としと存じます。心からお悔やみ申し上げます」

彼女はあらためて向井夫人に頭を下げた。

「有り難うございます。思わぬことに、最初は驚き落胆しましたが、子どもたちもまだ独立しておりません。私がしっかりしていなければならないと思っております」

夫人は表情一つ緩めなかった。

「お力になれることは、何でも致しますわ」

公子はそう言い残し向井家を辞した。

道々、公子は思いに耽った。

「人の身の上には、いつ何がおこるか解らない。人々は不安を抱えながら生きている。だが聖書の言葉を思い起こそう。

『命のために何を食べようか、体のために何を着ようか、と思い悩むな。天の父は、空を飛ぶ鳥を養い、野の花を美しく咲かせて下さる。貴方がたは、鳥や花より優っているものではないか。

貴方がたの中で、誰が寿命を僅かでも延ばすことが出来ようか。命のことや、体のことは、皆天の父が考えて下さる。

明日のことまで思い悩むな。明日のことは、明日自らが思い悩む。一日の苦労は、一日で十分だ』

そうだ。すべて神様が計らって下さる。安心してお任せすればよい」

彼女は思い直し、家路を急いでいた。

その日から間もなく、栄一と由利も向井家を弔問した。

二人は交々、向井淳吉への思いを語り、家族一同を喜ばせた。

「おじさんはいつも僕たちに優しかったな。『栄一さん、あなたはお父さんのような、立派な外交官におなりなさい』そう言って下さった。義っちゃん、君もおじさんのようになるかい」

「うん。僕もそうなりたい。栄ちゃんと競争だよ」

義男はきっぱり答えた。

そばの由利は、常々、義男の男らしさを好もしく思っていた。既に春が開いた彼女にとって、義男は密かな意中の人でもあった。

一六

昭和一七年も暮れようとしていた。その年のクリスマスを、かよは新たな感慨をもって迎えた。

最愛の人を失った心の傷が癒やされ、新しい道が指し示されたのは、天からの大きな恵みであった。一転して、闇の中から光の中に立っている自分が、不思議とさえ思われた。

その日に合わせ、中山家では、ささやかな祝いの席が設けられる。一家四人が向かい合った姿は、平和そのものであった。かよは長年にわたって、一家を支えてきた自分の姿に満足していた。とりわけ、栄一や由利の成長振りを目の当たりにするのは、何よりの喜びであった。

年も替わり、翌昭和一八年、太平洋戦争は新たな局面を迎えた。二月七日、南方における日本軍の重要拠点、ガダルカナル島が米軍の手に墜ちた。あまつさえ、四月十八日、山本五十六連合艦隊長官の戦死が重なり、日本軍は初戦の攻勢から一転して、守勢に立たされた。

戦局の悪化は国内にも波紋を広げた。ガダルカナルからの敗退もさることながら、英雄視されていた長官の死は、一大痛恨事であった。国民は挙《こぞ》ってその死を悼み、国は国葬の礼をもって長官の功績に報いた。

そうした最中、ある日、役所から戻って来た中山武が公子に語った。

「今日大臣から、インドネシアに行って貰いたいと言われたよ。話によると、司政長官の林田さんが、名指しで私に、補佐官として来てもらいたいとのことらしい。林田さんとは先輩、後輩の間柄で、親しくしていただいている。林田さんから頼まれると、嫌とは言えないな」

「まあ、大変な所じゃあありませんか」

「そうだ。スイスの時のように、一緒というわけにはいかない。それに戦局も戦局だ。

単身行ってくる」

武の面《おもて》にも、緊張感が漂っていた。

一九世紀、オランダはインドネシアを植民地化したが、一九四〇年、ナチスドイツの侵略により、主権国家としての地位を失った。これに乗じ、太平洋戦争勃発後の一九四二年、日本軍はインドネシア全土を無血占領した。軍の力を背景に行政機関が置かれ、その長が司政長官であった。

長官の林田は、ブラジル大使を務めたほどの外交官だが、軍部の懇望により、その地位に就いたのだった。

林田は、昵懇の間柄である中山武の手腕を高く評価していた。就任後間もなく、彼の片腕として、中山の派遣を要請したのであった。

一家の主を送り出した後、中山家には平穏な時が流れた。

栄一は幼少の折、外交官になる夢を抱いていたが、長ずるにつれ医師になることを志していた。そのための受験が、来年に迫っていたのだった。

当時は戦争により、一人でも多くの医師を必要とした。その要請に応え、医学部のある大学は、医学専門学校を設け、短期間の医師教育を図った。

翌年の春、栄一は東大医学専門学校に入学した。

「外交官は親子別々に暮らすようになるし、言ってみれば上品な接客業だわ」

公子は、我が家にも医師が誕生すると、大いに喜んだ。

由利は、中等科の最上級生、少女の域を抜け出し、女らしさを具えていた。

「由利様も、矢張り恋に悩むようになるのだろうか」

かよは我が身を振り返り、ふっと嘆息を漏らした。

春の陽光が柔らかく降り注ぐ一日であった。

その日の朝、公子は、母校のクラス会に出席するための準備に追われていた。彼女のクラスでは、一年に一回集まり、交流を深めていた。

「今日は皆さんに会えるのが楽しみだわ」

公子は上機嫌で我が家を後にした。栄一も由利も、既に登校している。かよは一人、留守宅を預かっていた。午後の三時頃であった。

「もうそろそろお帰りかしら」

そう思っているところに、電話のベルが鳴った。急いで受話器を取ると、電話の主は、公子の親友山本であった。

「公子さんがお倒れになったの。青山のO病院にお運びしましたから、すぐに来て頂戴」

その声には、切迫感が溢れていた。

驚愕したかよは、取るものも取りあえず青山のO病院に急いだ。中山家から青山はさほど遠くはないが、かよは電車に揺られながら、時間の経過をもどかしく感じていた。

もともと公子には、持病の狭心症があった。発作が起こるたびにニトロ（血管拡張剤）を含み、その場を凌いでいた。

「大きな発作が起こったのかしら」

再び不安が頭を過った。

病室に出迎えた山本の表情を一目見て、かよは事態の悪化を悟った。

「亡くなってしまったんです」

山本は一言漏らすと視線を落とした。

かよは天地が崩れるほどの衝撃を受けた。

「今朝はあれほど上機嫌で出掛けられた奥様が二度と帰らぬ人になってしまったとは」

かよは遺体の前で、溢れる涙を留めようもなかった。

急の報せに駆け付けた英一は、遺体の前に跪《ひざまず》き、「お母さん」と一言呼びかけ、後は絶句して激しく泣いた。

彼にとって公子は、常に温かく見守ってくれる、優しい母であった。それだけに最も信頼のできる、かけがえのない存在だった。自分が医師になれば、持病を抱える母のために尽くせたのだが、それも夢となってしまった。永遠の世界に召されたとはいえ、現世での別れの辛さに、ただただ泣くばかりであった。

やがて涙を拭い、立ち上がった栄一はかよと向かい合った。

「母はかよさんに大変お世話になりました。有り難うございます。天命ですから致し方ないのですが、残念でなりません」

「いいえ、こちらこそお世話になりました。心からお慕いしておりました。それだけに悲しゅうございます」

二人は濡れた視線を交わし合っていた。

遅れて現れた由利は、遺体に取りすがり、組み合わされた手の上に顔を押し当て、激しく泣いた。

母公子は、由利にとってよき理解者だった。時折表す彼女の我が儘に対しても寛容であった。そのことは、由利をして、常に自分を受け入れてくれる存在と思わせたのだった。

しばらく間を置いて、「由利様」と、かよが優しく声をかけた。それに応じて姿勢を正した由利は、「お母さまには我が儘を言うばかりで、何の親孝行もしなかったわ」と、悲しげに漏らした。

「これからしっかり生きていらっしゃることが、最大の親孝行でございます。奥様のためにお祈りを致しましょう」

三人は寄り添って、祈りを捧げた。

外地にいる中山武には、外務省を通し打電された。

「この戦局の中、お帰りになれるのだろうか」

かよは一抹の不安を抱いた。

「戦局重大、残念だが帰れない。後はよろしく頼む」

果たしてかよの疑念どおりであった。彼女は行間に、中山武の張りつめた思いを汲み取っていた。

その年になってから、戦局は一段と緊迫の度を加えた。フィリピン、レイテ島沖海戦で、巨大戦艦「武蔵」が沈没、日本海軍は全滅に瀕した。これによって、制海権、制空権は米軍の手に握られた。次いで重要拠点サイパン島が陥落、日本列島は、米軍長距離爆撃機の射程距離に入った。

そうした中、公子の葬儀が追悼ミサによって行われた。交際範囲の広かった彼女を悼み、多くの人が参会した。

「日曜ごとに、共に通った教会が、一転して葬儀の場となろうとは……」

かよは世の移ろいを思わずにいられなかった。

「人はどこから来てどこに去るのか。本日私たちは、親しかった中山公子様を別の世界にお送りします。淋しいことですが、これは一時の別れなのです。私たちは神様の許で再び相まみえるとの信仰に支えられております。そうした確信を抱き、公子様をお送りしたいと存じます」

司式に当たった安田神父の一言に、かよはあらためて癒やされる思いだった。

「お母様、有り難うございました。お別れするのは大変悲しいのですが、これもお導きです。どうか安らかにお眠り下さい。私たちはしっかり生きて行きます」

由利の別れの言葉には、心情が溢れていた。

最後に喪主の栄一が、参会者に厚く礼を述べ、葬儀は終わった。

かよはこの不幸を機に、二人が一段と成長することを、願ってやまなかった。

一七

公子を失った中山家において、かよは文字通りの主婦であった。栄一や由利にとって、誰よりも頼りがいのある存在だった。

「公子奥様のためにも、お二人に尽くさねば」と、かよは自分の立場をはっきり意識していた。

その頃風雲急を告げる戦局により、文科系の大学生は、仮卒業の形で軍務に服したが、栄一は医学生として、学業に励んでいた。それに引き替え由利は女子挺身隊の名の下、学業を放棄し、生産活動に動員された。

彼女たちの職場は、急遽工場に模様替えされた、有楽町のN劇場であった。主な仕事は、巨大な風船張りである。当初その目的は明らかにされなかったが、次第に学徒の間でも知られるようになった。

守勢に回った日本軍は、奇想天外な作戦を考えた。それは巨大な風船に爆弾を仕掛け、アメリカ大陸に飛ばす計画だった。この現実離れした作戦は不首尾に終わるが、彼女たちはその一翼を担ったのだった。

由利はいつも親友の神谷知子と、向かい合いで仕事をしていた。神谷は昨年、上海から帰国し、由利の組に編入学したが、同じ上海のよしみもあって、二人は急速に友情を深め合った。彼女は小柄だが、色白な面立ちは、一際人目を引く美少女であった。最初は自宅から通っていたが、暫くして寄宿生に変わっていた。

一日、由利は神谷知子を我が家に招きたいと思い、かよに相談した。

「是非お連れ下さいませ。私もお会いしたいですわ」

かよは二つ返事で同意した。

神谷知子が中山邸を訪れたのは、よく晴れた晩秋の一日であった。制服を纏った彼女には、清楚さと気品が溢れていた。

「まるでマリア様のような方だわ」

かよは彼女の中に、慈愛に満ちた優しさを汲みとっていた。

由利と知子はお茶を飲みながら話が弾んだ。

「知子さんは寄宿生になったけれど、どうしてなの」

由利がさりげなく尋ねた。

知子の顔は一瞬曇ったが、静かに話しだした。

「上海にいた頃、最初は親子三人で暮らしていたわ。父は丈夫な人でしたが、母は虚弱な人でした。それが私が小学生の頃、母が結核で亡くなったんです」

「まあ、それでは私と同じね」

「そうなの。父と二人の暮らしは淋しかったわ。帰国してからは、父方の祖母のお世話になりましたけど、暫くして父は再婚したんです。とても若い人でした。冷静な感じの人でしたが、私はどうしても、その人をお母さんとは呼べなかったんです。その上、子どもが産まれ、私との距離は一層広くなりました。それで私が家庭にいないほうが、お互いによいことだと思って寄宿を選んだのよ。これから専攻科に入っても、ずっと続けるつもり」

「そうだったの。私にも母はいないけれど、かよさんのような方がいてくれるから、淋しいことはないわ」

「お幸せね。羨ましいわ」

神谷知子はふっと溜息をついた。

その日から、彼女はしばしば中山家を訪ねるようになった。

神谷知子の境遇を知ったかよは、努めて温かく彼女を持てなした。時に昼食に招き、栄一を交えた食卓は、いつも明るく弾んだ。

「向井さんのお二人もお呼びしましょうかしら」

かよは、向井姉弟を招くことを思い立った。

姉の静子は女学校を卒業し、家庭にいたが、弟の義男は、学業を中断し、工場に動員されていた。二人を加え、一座は一段と楽しく賑やかになった。

「よっちゃんはどこの工場に行ってるの」

由利が気軽に義男に声をかけた。

「王子にある鉄砲や機関銃を作っている所だよ。僕は部品を作っているけれど、ゆうちゃんは何をしてるの」

「風船張りよ。知子さんも一緒」

「へえ、なんのためにかしら」

静子が横から尋ねた。

「風船に爆弾を積んで、アメリカ大陸に飛ばすんだって」

「ちゃんと届くのだろうか」

義男が疑問を発した。

「まあ無理だろうな」

栄一は仔細ありげだった。

神谷知子は、四人の会話を静かに聞いていたが、由利が義男に投げかける視線に特別な感情がこめられていることを、女らしい直感で感じ取っていた。

（由利さんは義男さんが好きなんだわ）

だがそう思う一方、彼女は時折自分に向けられる、栄一の熱い眼差しを意識せずにいられなかった。

「若い人たちの青春時代はこれからだわ。見守っていきましょう」

かよは片倉正吾の死と共に、己の青春時代が終わったことを、はっきり自覚していた。

一八

サイパン島陥落後、日本本土大空襲の危機が、現実のものとして現れた。その年の秋頃から、米軍の重爆撃機Ｂ29が、毎夜一機、東京上空に侵入して来た。偵察飛行である。これを迎え撃つ、日本軍の戦闘機は一機もなかった。いたずらに地上からの探照灯が、米軍機影を捉えるだけであった。

だがその偵察飛行は、年が替わるとぴたりとやみ、東京は不気味な静けさに包まれた。

果たして三月十日、第一回の大空襲が、隅田川を挟む東部地区一帯に敢行された。この地域はビルも少なく、小住宅が密集しているので、新兵器、焼夷弾の効果を知るには、絶好の地帯であった。

米軍機は、外側から渦巻き状に焼夷弾をばら撒いた。忽ち火災が起こり、人々は火の壁の間を逃げ惑った。犠牲者の数は、実に十万人と言われている。

二回目の大空襲は、西部地区一帯であった。都心にある中山家は、難を免れたが、かよは栄一や由利と共に、二階の窓から燃え盛る火の手を遠望していた。火炎は夜空を染め、急速に広がっている。


「よっちゃんの家はどうかしら」

由利が心配げに尋ねた。

「向井さんのお宅は小石川だから危ないわね。神谷さんの学校は目黒だから同様でしょう」

かよが冷静に答えた。

大火事になると風が巻き起こる。時折その風に吹かれて飛んで来た木片やトタンが屋根に当たり、激しい音をたて落下した。

「危ないから窓を閉めましょう」

かよは二人を促し、一同は階下に降りて行った。

一夜明け、交通機関の回復を待ってから、由利は職場に赴いた。

道々、親友の身の上を案じていた。

「知子さんは無事だっただろうか」

職場には、すでに数人の生徒たちが屯《たむろ》していたが、その中に、神谷知子の笑顔もあった。由利は駆け寄り、彼女の手を取った。

「大丈夫だったの？　心配したわ」

「有り難う。学校も寄宿舎も焼けなかったわ。不思議なくらいよ。あなたの所は安全と思ったけれど、向井さんのお宅はどうだったの」

「それが全く解らないの。焼けたんじゃあないかしら」

由利は不安げに顔を曇らせた。

それから数日経ってのことであった。向井静子と義男が、憔悴した姿で中山家に現れた。

「まあ！　どうなさったの」

出迎えたかよは驚きの声を上げた。

「それにお母様は？」

彼女は母の幸恵がいないのを、訝しく思った。

「母は亡くなったと思います」

静子が表情を歪めた。

「またどうして！」

かよはさらに驚愕した。

「最初は落ちて来る焼夷弾を消そうとしましたが、とても出来ることではないんです。それで六義園《りくぎえん》に向かって逃げることにしたんです」

義男が生々しい状況を語りだした。

「ところが、途中で母がついてこないのに気づいたんです。火の手は迫るし、捜している余裕もなく、逃げるのが精一杯でした。やっと六義園に辿りつき、火の手が収まるのを待って、母を捜しに、来た道をひきかえしたんです。途中で、黒く焼け焦げた死体を幾つも見ましたが、勿論誰のことか解りません。我が家は焼け落ち、くすぶっていました。防空壕の中を覗きましたが、人影はありません。焼け残った知人の家で一夜を明かし、翌日また捜しましたが、手がかりがありません。もう絶望です。恐らく、どこかで焼死したのでしょう」

そこまで語ると、義男は口を閉ざし、無念そうに俯いた。

夕刻帰宅した栄一と由利は、幸恵の不慮の死に眉を潜め、嘆じあった。

「おば様には随分可愛がってもらったな。もっと長生きしていただきたかった」

「いくら戦争と言っても、どこで亡くなったか解らないなんて、本当に酷いことだわ」

「次々と不条理なことが起こるけれど、皆で奥様のためにお祈りしましょう」

かよは死者への祈りの言葉を唱え、一同は黙祷した。

その日以来、静子と義男は、中山家の一員になった。惨めな母親の死によって刻まれた心の傷は、かよの温かさと、栄一や由利の励ましによって、少しずつ癒やされていった。

義男は再び工場に足を運び、静子は徴用工員になるのを避けるため、某通信会社に勤めだしていた。

ある日、静子が懐からペンダントを取り出し、「これをご覧下さい」と、かよの手に渡した。

かよは一目で、向井一家が上海を離れる時、中山公子が餞別《せんべつ》に贈った翡翠であることを思い出した。

昔と変わらず、翡翠は深い翠の色をたたえていた。

「これは母が、中山のおば様から戴いたのをペンダントにして、最後はあなたに上げるのだからと、私にくれたのです。結局母の遺品になりました」

静子はあらためて感慨に沈んだ。

かよは翡翠の美しさに見惚れているうちに、過ぎし日のことが、次々と頭に浮かんできた。

「向井様、公子奥様と、親しい方々が逝去されてしまった。そして今、幸恵奥様までも……」

中でも片倉正吾の死は、自分の人生が停止したのではないか、と思われるほどの痛恨事だった。

「人間にとっては不条理なことなのだが、私たちの知恵を得た、計り難い神の意志によって、すべてがなされるのだ」

かよは彼女を導いた安田神父の一言一言を反芻していた。

一九

三回目の東京大空襲は、五月二五日のことであった。その夜、米軍機は、東京の中心部を空爆した。中山家はその一角にあった。

過去二回の空襲によって、人々は焼夷弾の威力を、十分知らされていた。いたずらに消火に当たっても、効果がなかった。

「危くなったら大久保公園に避難しましょう」

かよの提案に、皆は緊張の面持ちで同意した。

鈍い爆音が過ぎ去ろうとする時だった。激しい炸裂音が鳴り響いた。

「あっ、畑さんの庭に焼夷弾が落ちた！」

栄一が叫んだ。

隣家の庭に落ちた焼夷弾は、瞬く間に火の海となって、平屋建ての木造家屋に燃え移っていた。

「公園に行きましょう」

かよが皆を促した。

全員裏口を出て、公園への道にさしかかろうとした時だった。

静子が急に足を止めた。

「私、大事なものを忘れたわ、取ってきます」

「何を？」

義男が尋ねた。

「お母様から戴いた翡翠の袋よ」

「危ないから諦めなさいよ」

栄一が押し留めた。

「いいえ。あれを焼いてしまったら申し開きが立ちません」

静子は言い切ると、もう走りだしていた。

ものの五分と経たぬ内に、彼女は息せききって戻って来た。

「すみません、ご免なさい。騒がせてしまって。でも、まだ家に火がついていませんよ」

「そうかしら。とにかく公園に行きましょう」

かよの一声にうながされ一同は公園に急いだ。

大久保公園には、既に何人かの人が屯《たむろ》し、不安な面持ちで、火炎が収まるのを待っていた。

時が刻々刻まれていった。米軍機の爆音は全く消え去っている。

「そろそろ帰ってみましょうか」

「そうしましょう」

かよが栄一の問いかけに応じた。

焦げ臭さの漂う中を、一同は黙々と坂を上がって行った。

「わあっ焼けてない！」

先頭を行く由利が叫んだ。

静子が予想したように、中山家に火の手が及んでいなかった。風が逆方向に火勢を押し流し、中山家を境に、南の一区画は無傷であった。

「幸運だったなあ」

栄一がしみじみ漏らした。

「ええ。神様がこうなさったんでしょう」

かよは深い感謝の思いに満たされていた。


数日して、神谷知子が中山家を訪ねて来た。

「由利さん、焼けなくてよかったわ。とてもだめかと思っていたの」

彼女は由利の手をしっかり取った。

「有り難う、お蔭様。風が助けてくれたの。奇跡だわ」

由利は素直に喜びを表した。

「昨日職場に行ってみたけれど、あそこも焼けていなかったわ。だけど、仕事など何もないのよ。今さら風船爆弾でもないのかしら。でもこんなにやられて、戦争はどうなるんでしょうね」

彼女は、戦局の前途を憂慮していた。

事実、東京大空襲に前後して、米軍は沖縄本島に上陸、沖縄争奪戦の幕が切って落とされた。

日本軍は激しく抵抗し、熾烈な戦いは三ヶ月に及んだが、米軍は次第に優勢になり、六月、南部に追い詰められた日本軍の組織的抵抗は終わった。

その間、日本側には、軍人、民間人含め、二十万人の犠牲者を生じたが、一方米軍にも、死者一万を数え、戦闘がいかに激烈であったかを物語っている。

沖縄陥落の報は直ちに本土に伝えられたが、沖縄の次は本土決戦かと、国民の間に緊張が走った。

本土上陸作戦となれば、東京に近い九十九里浜か、相模湾かと、噂が噂を呼んだ。

軍部は、大本営を長野県松代に移す計画を立て、「一億総玉砕」と声高に叫び、国民を鼓舞した。

こうした中で、向井義男は被害を免れ工場に出勤していた。この春、彼はK大学に入学していたが、学帽が変わったに過ぎなかった。相変わらずの機械工だが、見通しの立たない日々の生活には、不安と焦燥が込められていた。だが青春最中《さなか》の彼の心に灯された灯は、初めて出会った神谷知子への思いだった。彼女の美しさと気品に、彼は強く引かれていた。

折にふれ、神谷知子の姿が浮かんではまた消えて行く。それに引き替え、幼馴染みの中山由利はどうなのだろう、彼はふとそのような思いに取り付かれた。

義男と由利は、あどけない頃から犬コロのように戯れ合い、兄妹に等しい関係だった。やがて思春期を迎え、異性を感じあう頃になっても、義男は由利に、恋心を抱くことはなかった。

「あまりにも親しくなりすぎたのだろうか」

彼はそのことが、不思議にさえ思われた。

一方由利は、義男とは全く異なっていた。

「よっちゃんは私にとって、たった一人の人だ」

齢を重ねるにつれ、義男への思慕は、抜き難いものであった。

「知子さんは私よりずっと綺麗だし、その上聡明だ」

そう思うと、微かな不安と妬ましさが湧いてきた。

「親友の知子さんが、競争相手となろうとは……」

思い過ごしと打ち消しながらも、彼女は時折浮かぬ顔であった。

「由利様、どうかなさいましたか」

かよは目敏くその様子を見て取った。

「ううん。大したことではないの」

由利は強いて微笑を浮かべた。

「お困りのことがあれば、何でもお話し下さいませ」

いつもながら、優しいかよであった。

二〇

一日の学業を終えた中山栄一は、一人、学園の坂を下って行った。彼は既に兵役に就く義務を背負っていたが、医学生の特権として、それは延期されていた。だが切迫する戦局を前にして、栄一は学業にあまり身が入らなかった。いずれは銃を取る時が来るのではないだろうか、そうした不安が彼を苛立たせた。

そうした中で、彼の心に一筋の光となったのは、神谷知子の存在だった。彼女の全身から溢れる魅力に、栄一は青春の血を滾《たぎ》らせた。

「思い切って告白しようか」

そうは思ったものの、躊躇が先立った。彼には若者特有の無鉄砲さが希薄だった。

だが右顧左眄《うこさべん》する中、栄一はふと、向井義男のことを思い浮かべた。

「よっちゃんは知子さんをどう思っているのだろうか。ひょっとすると……」

疑惑が頭を擡《もた》げてきた。

ある日、栄一は義男にさりげなく尋ねた。

「よっちゃんは、神谷知子さんをどう思うかな」

「素敵な人だ。すっかり気に入ってね。早速手紙を書いたよ」

栄一は、義男の大胆さに目を見張った。

「それで返事が来たのかい」

「いいや来ないよ。学校宛に出したから、届いているはずだがな。嫌われたかもしれない」

義男は屈託なく笑った。

「そうかい。実は、僕も彼女にすっかりまいっているんだ」

「へえー栄ちゃんも。それじゃあ競争相手じゃあないか」

義男の面から笑いが消えていた。

義男からの手紙を読み終わった神谷知子は、ふっと軽い溜息を漏らした。手紙には、彼女への思いが簡潔に記されている。知子はあらためて、義男の姿を思い浮かべた。彼女も義男には、好感を抱いていた。さっぱりした男らしさが好ましかった。

だが一方、無二の親友、由利のことを思わずにいられなかった。彼女が義男を熱愛していることを、知子は十分察知していたからだ。

「由利さんを差し置いて、義男さんの愛を受け入れるなど、決して出来るものではない」

そう割り切ると、彼女の心は穏やかになった。

しかし、貰った手紙に返事を書く気にならない。

「このままにしておこうか。いや、それでは失礼か」

あれこれ迷った末、彼女は意を決し筆を取った。

「御手紙を拝見致しました。お気持ちはよく解りますが、私には、由利さんという掛け替えの無い親友があるのです。彼女があなたを愛していることは、百も承知していますこのことで、友情に罅《ひび》を入れたくありません。今は、これ以上のお答えが出来ないのです。お心に満たないかもしれませんが、どうぞお許し下さい。」


彼女は読み返してから封筒に収め、「これで一件落着」かと、ほっとした。

義男に一足後れをとった栄一の心には、彼への対抗意識が、沸々と湧き上がった。日頃は義っちゃん栄ちゃんと、仲のよい間柄だが、事がここに至ると、それは男と男の勝負に変わっていた。

「知子さんに面と向かって、思いを伝えることも出来ない。よっちゃんの後塵を拝するようだが、矢張り手紙を書くほかはあるまい」

彼はそう思い定めると机に向かった。

便箋一枚の半ばに進んだところで、栄一は筆を留めた。

「これでは言葉が多すぎる」

思い直して、再び最初から書き始めた。書き終わってから読み直し、彼はちょっと首をかしげた。

「これを知子さんは、どう受け取ってくれるだろう」

不安が先立ったが、そのまま封筒に収めた。

先に義男、そして今、栄一からと、二つの求愛の手紙に、神谷知子は考え込んでしまった。

義男さんには由利さんのことを慮って、あのような手紙を書いたけれど、それがなかったら、受け入れていたかもしれない。それほど心を寄せていたのだ。栄一さんは親切な良い方だが、思いを募らせてはいない。だが御手紙を戴いた以上、お返事を書かないわけにもゆくまい。どう書いたらよいのか」

日頃冷静な彼女は、いささか戸惑った。しかし心を定め、やおら返書を認《したた》めた。

「御手紙を拝読致しました。お心の内はよくよく解ります。しかし今の私には、お申し出を受け入れることは致し兼ねます。つい先頃、義男様からもお申し出がありましたが、同様にお答えしております。仲のよいお二人のいずれかに、心を傾けることは出来ません。私が身を退くことが、最も賢明と存じます。どうぞご了承下さい」

読み返してからやや思案したが、「これ以上書きようもない」と思いなおし、封を閉じた。

それ以来、神谷知子は中山家への足が遠くなった。行けば、恐らく栄一や義男と、顔を合わすことになるだろう。それは避けたい。もう少し時間が経ち、ほとぼりが冷めてからにしようと考えた。

由利は逸早くこのことに気付いていた。

「学校や工場で会えば、いつもの知子さんと変わりはない。だが栄ちゃんや義っちゃんの話はことさら避けていると思う。我が家に来なくなったことは、義っちゃんとの関わりではないだろうか。彼女は義っちゃんを愛してるのかもしれない」

由利の胸には、一段と疑念が湧いてきた。

思い余って由利はかよに胸の内を打ち明けた。

由利の話を聞いて、かよは、

「由利様、お気持ちはよく解りますが、決してご心配になってはいけません。知子様は賢い方ですから、あなたが義男様に、どのような思いを抱いておられるかは、十分察していらっしゃると思います。由利様との仲を、取り返しのつかないようにはなさいません。そうは言っても、私の見通しが絶対とは言えないのです。仮に、事が意に満たない方向に展開しても、すべては御縁です。由利様も信仰をお持ちなのですから、その立場に立ってお考え下さい」

「かよさんも辛い思いをなさったのでしたね」

「そうです。耐え難いことでした。しかし、神様への信頼に生きることで救われたのです。神様の計らいは、私たちの知識や知恵を超えています」

かよはあらためて、過ぎし日々のことを思い浮かべていた。

二一

昭和二十（一九四五）年六月、沖縄を手中に収めた米軍が、次いで本土上陸作戦に移るのは必至と考えられたが、彼らはあえてその挙に出なかった。

沖縄戦における日本側の犠牲者は、軍人民間人を合わせ二十万人、米軍は一万人を戦死させている。日本軍の抵抗は熾烈を極めたのだった。本土上陸作戦ともなれば、両者にこれ以上の犠牲者が出るのは明瞭であった。これを避け、短期間に日本を降伏させるため米国は広島、長崎への原爆投下に踏み切った。かくて人道上許し難い暴挙が、さしもの太平洋戦を終わらせたのであった。

八月一五日を境に、日本の国家体制は一変した。全体主義から、民主主義への転換である。軍隊は解散され、軍部による統制政治から、国民主権の議会政治に移行した。だが革命とも言えるこの転換は、下から湧き上がる、国民の力によるのではなく、外圧によるものであった。それだけに個人を主体とする自由な社会への自覚が、十分とは言えなかった。今までの強勢への反動から、自由が謳歌され、行き過ぎも目立った。自由の中に規律が確立されるには、時間を要した。

自由を享受したが、日常生活は困窮を極めていた。戦時中、主食の米を始め、物資は配給制度だったが、その状態は戦後も続いた。人々は法の網を潜って、近隣の農村に買い出しに出掛けた。

電力事情も極度に悪かった。電圧が低いため、毎夜停電を引き起こす。その度ごとの蠟燭生活は、わびしさを一層かきたてた。

敗戦後、一月ほどして米軍を主体とする連合軍が、東京に進駐した。皇居と堀一つ隔てた第一生命ビルに、連合国総司令部（ＧＨＱ）が置かれ、最高司令官ダグラス・マッカーサーは、天皇を凌ぐ最高権力者となった。軍政が敷かれ、それ以後、日本の政治は、ＧＨＱの支配下に置かれた。この状態は、昭和二四年のサンフランシスコにおける、対日講話条約締結まで、続いたのであった。

こうした環境の中で、中山家の人たちは、それぞれの生活に追われていた。かよは乏しい食料事情のもと、日々食事にあれこれ工夫を凝らし栄一と義男はリュックを背負い、進んで買い出しにでかけ、かよを助けた。

栄一は一層学業に励み、労働から解放された義男は、新しい学園生活に、希望を見出していた。

二人が神谷知子に寄せた思いは、彼女のはっきりした態度によって打ち消され、再び燃え上がることはなかった。

そのことがあってから、神谷知子は中山家に姿を見せなくなったが、由利との交友関係には、何の変化もなかった。

一方由利は、知子が自分に示してくれた友情の深さを薄々感じ取っていたので、知子への信頼は、一段と深まっていた。

義男は以前同様、「ゆうちゃん、ゆうちゃん」と親しく声をかけてくれる。彼の心が、自分の方に向いているのも知子のおかげと、彼女への感謝の思いで満たされていた。

敗戦を告げる天皇の放送を、寄宿舎の一室で聴いた神谷知子は、暫く暗然としていた。

「いざとなれば神風が吹く、神州不滅と叫んでいた指導者の言葉は、全くの虚偽だった。事実はその逆ではないか。このような非科学的で、不合理な言葉に惑わされる私たちも間違っていた。日本とアメリカの国力の違いを、冷静に判断する態度が求められたのだ。これからは、もっと視野の広い国際感覚を養わなければならない。親友の由利さんは、恋に身をやつしているが、青春の一時期には当然のことだろう。だが私は、学ぶことから始めよう。新しい時代には、新しい道が開かれているに違いない」

彼女は未来に思いを馳せていた。

敗戦を迎えたことで、かよを始め、中山家の人たちにとって心にかかったのは、インドネシアに駐在する中山武の安否であった。機を見るに敏な、司政長官の林田は、後事を中山に託し、一時帰国の形で、日本に帰ってしまった。責任はすべて中山の肩にかかっていた。

「林田さんは日本にお帰りのようだから、あちらの様子を伺って参りましょう」

一日かよは、鎌倉の林田家を訪問した。

林田は温顔をたたえ、彼女を出迎えた。

「いやいやご心配でしょう。私も中山さんに後を任せてしまったので、心を痛めているのです。正直なところ、戦後のことはよく解らないのですが、インドネシアとの関係は良好だと思いますよ。日本が占領する前から、インドネシアでは、独立運動が盛んでしたのでね、オランダも手を焼いていたのです。スカルノという統率者がいますが、彼は実に弁舌が巧みで、民衆の心をしっかり摑んでいました。日本軍の占領は、オランダの追放につながり、彼らにとっては好都合だったのです。それだけに、一般民衆も極めて親日的でした。解放者なのですから当然でしょう。しかし敗戦によって、事態は一変しました。戦勝者としてのオランダは、主権を取り戻そうと、独立派に攻勢をかけているに違いありません。恐らく戦闘状態になっているのではないでしょうか。そうなれば、日本軍の中から、義勇兵として、参戦する者があるかもしれませんよ。それほど、彼らとの間は親密だったのです。だがオランダの立場からすれば、話は逆になります。言ってみれば、私たちは戦犯者なのです。中山さんがどんな状況にさらされておられるか、そこが心配です。もちろん私とても、戦犯者としてオランダが引き渡しを要求するかもしれませんよ」

林田は苦笑を浮かべ、一呼吸おいた。

林田を訪問した翌日、かよは外務省に赴き、インドネシアの情勢を聞き質した。

応対した係官は、林田の言葉を裏書きしていた。

「今、現地では、主権を奪い返そうとするオランダと、これに反対する独立党との間で、戦争状態になっています。日本は連合国側の降伏条件を受け入れたので、微妙な立場にありますが、現地の日本軍はそれに反して、独立党を支援しているようなのです。武器などを提供しているのではないでしょうか。ひょっとすると義勇軍として、参戦している人たちがいるかもしれません。中山さんはその渦中におられるのですが、独立党が庇っているに違いありません。

正式に日本軍が帰国するのはいつごろか、来年か再来年か、はっきり解りませんが、中山さんもその時には、無事にお帰りになると思いますよ」

彼は半ば慰めるように、楽観的に語った。

二二

「由利様は卒業なさったら、どうされるおつもりですか」

ある日、かよが由利に尋ねた。

「私は仕事をやるわ。通訳をやってみたいの。この学校で学んだ英語では、不十分かもしれないけれど、挑戦しようと思うの」

「それは結構ですわ。その内に、お父様もお帰りになるでしょうから、きっとお喜びになりますよ。それで知子様はどうなさるのでしょうね」

「あの人は勉強家だから、大学に進むそうよ」

事実、神谷知子は、新設されるS学院女子大学への入学を希望していた。文学部に籍を置き、広く世界史を学ぶのが目的であった。

彼女の父親は、自分が後妻を迎えたことが切っ掛けになって、娘が家庭を離れたことを、負い目に感じていたので、彼女の学資には糸目をつけなかった。

「アメリカの大学で学んでもいいんだよ」

折に触れ、彼はそうも語っていた。

卒業を控え、由利と知子は、毎日のように学園で顔を合わす。

「由利さんの通訳の仕事はどうなるの」

「通訳希望者が属する団体に入ると、そこから仕事が回ってくるらしいけれど、私のような新米は、かなり厳しいんじゃあない」

「あなたなら、きっと出来ると思うわよ。それでお父様はいつ頃お帰りなの」

「来年じゃあないかと思うけれど、オランダに戦犯として逮捕されるのではないか、それが心配よ」

「そうなったら大変なことね」

知子は深い憂慮の色を浮かべた。

やがて開講した、S女子学院大学文学部史学科に、神谷知子は入学した。新設だけに、教授陣はすべて他校と兼任である。史学科担当は二名、その中の一人宮島は、五十恰好の老練教授、他の一人杉村は、少壮気鋭の歴史学者、いずれもK大学専任である。

若い杉村の西洋史の講義は、明解であった。西洋史の源から解き明かし、時代を追って展開される内容に、神谷知子は、今まで経験したことのない新鮮さを感じた。

「先生はK大学で何を教えていらっしゃるのかしら」

そうした疑問さえ湧いてきた。

ある日杉村に、その点を尋ねてみた。

「大学では、歴史哲学の講座を開いています。歴史哲学とは簡単に言えば、歴史とは何か、歴史の本質を探る学問です。ですから歴史そのもの、と言うより哲学に近いと考えてもよいでしょうね。難しいと思われるかもしれませんけど、易しくお話をしていますから、興味があったら、一度聴きにいらっしゃいませんか。土曜日の十時からです。あなたの授業とは、かち合わないのではありませんか」

「ええ。土曜日はお休みですから拝聴いたしますわ」

彼女は、未知の学問に、興味を抱いていた。

次の週、神谷知子はK大学に足を運び、杉村の講座に出席した。
二、三十人の男子学生が屯していたが、知子の姿に、誰もが好奇の視線をそそいだ。
やや遅れて入って来た杉村は、最後列に座っている彼女に、ちらっと視線を走らせてから、ゆっくりと講義を始めた。

その日は、ヘーゲルの歴史観が主題である。生徒たちは熱心にノートをとっていた。ヘーゲルについて予備知識のない彼女は、やや戸惑ったが、杉村の懇切な説明によって、少しずつ概略が解ってきた。

一時間ほどの講義が終わったところで、知子は立ち上がり、ちょっと目礼をしてから、教室を出て行った。

「この次から、私もノートをとろう」

また新しい興味が彼女に湧いてきたのだった。

次の週から、彼女は教室の一番後ろに座り、ノートにペンを走らせた。最初は難解と思われたヘーゲルの歴史観も、杉村の丁寧な講義によって、次第に理解を深めていった。毎週の講義が、彼女にとって楽しみでもあった。

杉村は彼女の存在が解っていたが、特に言葉をかけることもなく、講義が終わると、すぐに教室を去った。

「先生は私に無関心を装っていらっしゃる。他の生徒に、気を使っていらっしゃるに違いない」

彼女は強いてそう思いたかった。

日を追うにつれ、歴史哲学への関心も深まったが、同時に、飾り気のない杉村の人柄に、密かな好意を抱き始めていた。

夏が終わり、秋も盛りの一日であった。講義も終わり神谷知子は帰路につこうと、学園の坂を下ろうとしている時だった。後ろから彼女を呼び止める声に振り向いてみると、杉村が笑顔で近付いていた。

「神谷さん、よろしかったら学生食堂で、お茶でも飲みませんか」

「有り難うございます。ご一緒しますわ」

彼女は一も二もなく誘いに応じた。

午前の食堂には、人影もまばらである。二人は一隅に向かいあって座った。

「いつも私の講義を聴いてくださいますが、難しいですか」

杉村が話題を提供した。

「いいえ。易しく解き明かしてくださいますから、よくわかります」

彼女はありのままを答えた。

「それは有り難いですね。私はまだ駆け出しですから、どうかと思っているんです」

彼は微笑を浮かべ、話題を転じた。

「ところで神谷さんは卒業されたら、どうなさるおつもりですか」

「はっきり決めたわけではありませんけれど、アメリカの大学で、一年くらい勉強しようかと思っています」

「それは結構ですね。何を学ぶことにしているのですか」

「国際政治のつもりです」

「国際政治なら、スタンフォードに行かれたらよいでしょう。定評があります。大学に手続きをとってもらえばよいと思います。私からも、個人的な推薦状を書きますよ」

「有り難うございます。その折はどうぞよろしく」

神谷知子は、杉村がこの上ない支援者になってくれるだろうと思った。

初冬を迎える頃であった。講義が終わったところで、杉村が神谷知子に声をかけた。

「神谷さんは音楽がお好きですか」

「ええ、大好きです。上海にいた時は、ピアノを弾いていました。ピアノは売り払いましたから、今はやっておりませんけど」

「それはそれは。私も音楽好きで、よくコンサートに参ります。実はバッハゾリステンの演奏会の切符があるのですが、いらっしゃいませんか」

「喜んで伺いますわ」

「来週の土曜日、六時半開演。場所は上野の文化会館です。私も参りますから」

杉村は一枚の切符を取り出すと、彼女に手渡した。

(先生は私のために買って下さったのかしら、それとも……)

杉村と別れてから、彼女はふと思い返し、あらためて座席券を取り出した。

座席はS席、前から十番目ほど、音楽を聴くには最適な位置である。

「やはりわざわざ買って下さったんだわ」

彼女は杉村の心中を推し量っていた。

当日、神谷知子は予定より早く座席に座り、杉村が現れるのを待った。やがて微笑をおびた杉村が現れ、彼女の隣の空席に腰をおろした。

「やあようこそ。きっと素晴らしい演奏を聴かせてくれるでしょうよ」

「私もそう思いますわ」

短い会話を交わした後は無言のまま演奏が始まるのを待っていた。

バッハの名曲を取り揃えた、バッハゾリステンの水も滴るような名演奏は、聴衆を魅了しつくした。アンコールには、オーボエの名手で指揮者のヘルムート・ヴィンシャーマンが、オーボエでソロ演奏を披露し、満場を湧き立たせた。彼はオーボエを高々と上げ、にこやかに応じた。

幕が下ろされ、人々は会場を後にした。

「今夜は実に楽しい一時でした。あなたとご一緒だったから、なおさらです」

杉村は満足げに語った。

「ご一緒できて嬉しゅうございます。素晴らしい演奏を聴かせていただき有り難うございました」

神谷知子はありのままに応じた。

別れ際に、杉村は二通の封書を彼女に手渡した。

「一通はあなたの推薦状ですから、学長様に差し上げてください。もう一通はあなたへのものですからどうぞ」

「有り難うございます」

寄宿舎に帰るなり、自分にあてた一通の封をなかば恐れながら開いた。

そこには美しい書体で、神谷知子への愛の告白が、簡潔に記されていた。最後に「私の愛を受け入れてくださるなら、十分学んだ上、必ずお帰りください。私はその日を待っております」と結んであった。

もう一度読み直してから、手紙を封筒に収め、彼女はふっと息を漏らした。

「思案することはない。私はあの方と将来を共にしよう」

次の日、神谷知子は杉村を研究室に訪ねた。

「お手紙を拝読いたしました。私は必ず帰って参ります。これがお答えのすべてです」

「有り難う。私も必ず待っております」

交わしあう二人の眼差しは温かさで満たされていた。

二三

インドネシアでは日本の敗北により、旧統治国であったオランダは、主権を回復しようとしたが、独立派によって阻まれ、敗退を余儀なくされた。日本軍の進駐は、インドネシア人を、オランダの支配から解放する結果となった。それだけに彼らは親日的であった。

司政官としての中山武は、インドネシア人のために行政をおこなっていたので、オランダが戦争犯罪人として、中山の引き渡しを要求しても、彼らは応じなかった。

敗戦後二年にして、インドネシアに進駐した日本軍は、帰国の運びとなった。また中山武も、その中の一人であった。

かよはこの吉報を、外務省から受け取った。

「輸送船の都合で、はっきりした日取りは解りませんが、必ずお帰りになります。ご自宅で静かにお待ち下さい」

彼女は安堵の胸を撫で下ろしたが、本来なら真っ先に出迎えるはずの公子奥様のいないことが何よりも淋しく思えてならなかった。

(ご主人様はどのようなお気持ちで、奥様の写真と対面なさるのだろう。いつもおそばにいて、仲睦まじいことを知っていただけに、お心が察せられる)

かよは常に思いやり深い女性であった。

栄一や由利も、父武の帰国を心待ちにしていた。母の公子を失ったことは、彼らにとって大打撃だったが、かよが母代わりとして、寂寥を癒やしてくれた。だが父の存在は、誰をもってしても代え難く思われた。

「お父様はいつお帰りなのかしら」

「それは解らないけれど、必ず帰って来るよ」

「そうなるようにお祈りしましょう」

日頃三人の間では、よく武のことが話題になっていた。それだけにこの吉報は、二人の心を浮き立たせた。

その年も、夏が近付く頃であった。ある日何の予告もなしに、中山武が中山家の玄関に姿を現した。

一人留守番をしていたかよは、予期せぬ出来事に、一瞬言葉を失った。


「お帰りなさいませ。ご無事でよろしゅうございました」

「いやいや、心配をかけました。やっと帰って来ましたよ」

彼はさほど憔悴した様子もなく、明るく笑った。

「ご無事にお帰りで、本当によろしゅうございました。これで公子奥様がいらしたら……」

「有り難う。あなたの言われるとおりです。しかし公子が亡くなったのは天命という他はありません」

中山武は居間に飾られた公子の写真にじっと視線を注ぎ、慨嘆深げだったが、ややあって瞑目し、手を合わせて祈った。

「公子は私にとって最良の伴侶でした。子どもたちにとっても最高の母だったと思います。しかしすべて過去のことになりました。それよりあなたには、心から感謝しています。この家が守られたのはあなたのお蔭です」

彼は温かな眼差しをかよに向けた。

「いいえ、できる限りのことをしただけでございます。お家が焼けなかったのは、神様が守ってくださったからです」

「その通りです。公子はそうでしたが、私も超越者の力を信ずるようになってきましたよ」

「実は向井さんのお家は全焼し、幸恵奥様が逃げ遅れて亡くなったのです。静子様と義男様は助かり、今ここで暮らしていらっしゃいます」

「向井君は亡くなるし、奥様までとは……」

中山武は深い感慨をこめ、沈黙した。

「お子様方もそろそろお帰りになります。どんなに喜ばれるか」

夕刻になって、栄一や由利、義男、静子も次々に帰宅し、久しぶりの再会を喜び合った。彼らにとっても、中山武は大きな存在だったのだ。

その夜の晩餐は和やかな雰囲気の中で、子どもたちの生活が話題になった。

「栄一は医師として、将来何を専門にするのだね」

「お母さんのこともありましたし、心臓外科を専門にするつもりです」

「それはいいことだな。インドネシアでは医師不足で大変だった。とても日本の比ではない」

「由利は通訳をやっているそうだが、どうかな」

「力不足ですから困ってます。仕事をやりながらの勉強です」

彼女はおかしそうに笑った。

「そうだろうな。英語はこれからますます重要になる。一度アメリカかイギリスに留学したらどうだ」

「あら、私の親友が一人行ってますよ」

　由利は神谷知子のことを話した。

「ほほう。それはしっかりしたお嬢さんだな。アメリカとの繋がりは一層強くなる。その良いところも、悪いところも、学んでくることが大事だよ。何でもアメリカになってはいけない」

　彼は鋭い国際感覚を持っていた。

「義男君は将来どうするつもりかな」

「僕はやはり父のように、外交官になるつもりです」

　義男は即座に答えた。

「それは何よりだ。お父さんは実に立派な方でした。人柄もよし、仕事も出来る。惜しい人を早く失ったものです。君が後を継いでくださったら、お父さんもお母さんも、さぞ喜ばれることでしょうよ」

　中山は過去を振り返り、感慨深げだった。

「静子さんは一層お母さんに似てみえたようだが、通信社にお勤めですか」

「はい、そうですが走り使いに過ぎません」

「いや、それも大事です。あの通信社の主筆の松本さんとは昵懇《じっこん》ですから、よく頼んでおきますよ」

「有り難うございます。よろしくお願いいたします」

彼は穏やかな静子の人柄を、娘同様に愛していた。

「有り難うございます」

静子は軽く会釈をしてから、「おじ様、これをご覧ください」と、懐から翡翠のペンダントを取り出した。

「おお、それは上海でお別れの時、公子が差し上げた品ですね。懐かしい」

「そうです。母は宝のようにしていました。おば様や母の思い出がこもっています。これからも大事にして参ります」

「有り難う」

中山武は感動を露わにした。

傍らにいるかよは、あの空襲の最中、危険を顧みず、忘れた翡翠を取りに帰った静子の姿を思い浮かべた。

（静子様はおとなしい方だが、心は強いのだ。きっと良い家庭の人になってくださるだろう。出来たら栄一様とでも結ばれればよいのに……）

彼女はあらぬ空想に耽った。

一渡り終わったところで、栄一が武に問い返した。

「お父さんは、これからどうなさるんですか」

由利が正面切って尋ねた。

「そうだな、まだまだ一仕事、二仕事できる齢だから、お役に立ちたいと思っているけれど、今度は少しくたびれたから、二、三日休みたいな」

「温泉にでもいらしたら」

「そうしよう。熱海にでも行くか」

日をおかずに熱海を訪れた中山武は、旅館の一室から、伊豆の自然を飽かず眺めていた。

相模の波は静かにたゆたい、伊豆の島々は趣をそえている。昔変わらぬ美景であった。彼は自然の豊かさに見惚れていたが、やがて物思いに耽った。

（スイスから帰った時は、皆がここで出迎えてくれた。公子も元気一杯だった。彼女は、いつも傍らで私を支えてくれた。その公子は、もうこの世にいない。なんと空しいことだが、天命という他はないのだ。信仰深い彼女だったから、おそらく天国で安らかに眠っていることだろう。私は至って無信仰者だったが、公子の死は、私をその道にいざなっているように思われてならない）

中山武は、あらためて妻との深い縁を悟らずにいられなかった。

（それにしても、かよさんは本当によく家庭を守ってくれた。あの人の忠実さに甘えて、ついつい延び延びになってしまったが、いつまでも引き延ばすわけには行かないだろう。早晩、自由の身にしてあげなければならない。

子どもたちは子どもたちで、それぞれの道を歩み、我が家を去ってゆくだろう。私は一人、孤独の中で、自分と向かい合っていなければならないのだ）

彼は思いを断ち切ると、再び窓の外に視線を移していた。

インドネシアで溜まった垢を、洗い落とした中山武は、帰京後、外務省に赴き、大臣の吉川と面会した。

「やあご苦労さんでした。実はあなたが帰ってこられるのを待っていたのです。それというのは、次官の野沢さんが、アメリカ大使に転出するので、あなたに後を引き受けてもらいたい、と思っているのですが、いかがですか」

吉川大臣は口早に語った。

「微力ですが、喜んでお引き受けいたします」

中山武は軽く頭をさげた。

「それは有り難い。よろしくお願いします。ご承知と思うが、今はGHQとの折衝が一番厄介でね。彼らは戦勝者で、いささか傲っているが、主権者には違いないのだから仕方がない。その辺りは、あなたの手腕に期待していますよ」

「わかりました。粉骨砕身、ご期待に沿いたいと存じます」

彼は一礼すると、大臣室を後にした。

その日以来、中山武は多忙な日々を送ることになった。省内の問題は無論のこと、時にGHQに赴き、懸案事項の交渉に当たった。家にあっては多くの来客に接したが、中でも報道関係者は、取材のため、夜半でも遠慮なく訪ねてくる。かよは中山武の身辺の世話をするとともに、訪問者には愛想よく応待していた。

「いずれ、かよさんを自由にしてあげなければならない」

かねてから彼はそう思っていたのだが、ついつい日を延ばしてしまった。しかしその一方、かよが自分の心を癒やしてくれる存在であることを、彼ははっきり意識し始めていた。日を追うにつれ、彼女への愛が増すばかりであった。

中山武が次官職に就いてから、一年の月日が流れようとしていた。

「仕事は順調に運ばれているが、公子なき後の家庭には、今一つ空白がある。この際、かよさんに正式に家庭の人になってもらおう」

ある日、中山武は栄一と由利を呼び、あらたまった口調で尋ねた。

「実はいろいろ考えた末、かよさんに正式に家庭の人になってもらおうと思うのだが、お前達はどう思うかな。栄一どうだ」

　突然のことに、彼はやや戸惑ったが、はっきり答えた。

「お父さんがそう思われるなら賛成ですが、肝心のかよさんはどうなんですか」

「それはまだ解らない。お前達の考えを聴いてからと思っているんだ。由利、あなたはどうだね」

「正式に家庭の人になるというのは、お父さんがかよさんと結婚することですね。お互いに愛し合っているのなら結構ですけど、便宜上なら反対だな。それに、私はかよさんをお母さんとは呼べませんよ。かよさんは何処までもかよさん。私のお母さんはたった一人だけです」

「僕も由利と同意見です」

　栄一が一言おぎなった。

「よく解った。決して悪いようにはしない。後はかよさんの考え次第だ」

　彼は一つ山を越えたように思った。

　時を見計らって、中山武はかよに親しく話しかけた。

「かよさん、あなたには上海以来一四年、お礼を言い尽くせないほどお世話になりました。心から感謝しています。特に公子が亡くなってからというもの、まことの親のように、子供達を守ってくださいました。私が外地で安心して働けたのは、総てかよさんのお蔭です」

彼は一呼吸してから言葉を継いだ。

「実はあらたまってのお願いですが、かよさんが私の伴侶として、正式に家庭の人になって戴きたいと思うのです。子供達も賛成していますが、いかがでしょう。率直なお気持ちを聞かせてください」

突然の思わぬ問いに、かよはいささかも動ずることなく静かに答えた。

「もったいない仰せですが、私に残された道は修道生活しかございません。人生の前半では、お宅様のために働きました。公子奥様をお助けし、お子様方の成長を目の当たりにする日々は楽しゅうございました。しかし奥様は召され、お子様方はすっかり成長されました。私のお役目は終わったと思います。これからは祈りを主体とした生活を過ごすつもりです。勝手ですが、折角のお申し出はお受け致し兼ねます」

「そうでしたか。いやいや弁《わきま》えもなく、一人勝手なことを申しました。どうか許してください」

彼は失望の色を滲ませ、深く頭をさげた。

「いいえ。こちらこそ我儘なことを申し上げました。どうぞお許しください」

かよもまた心をこめてわびた。

かよが中山家を去る日が近くなった一日、彼女は物思いに沈んでいた。

（振り返ってみると、上海に赴任してから一四年、ただただ中山家のために一途に働いた。そのことに何の悔いもない。それどころかその間に、私は最愛の方に巡り合う喜びを戴いたのだった。お互いに愛し愛され、将来を誓いあう仲となった。だがその方はもうこの世にはいない。私にとっては、最初にして最後の人なのだ。これからの修道生活の中で、あの方の救霊のために祈ろう。いやそれだけではない。公子奥様をはじめ、敬愛する人達のためにも祈ろう。これから赴く修道会は、奉仕と祈りの生活で満たされている。第二の人生が始まるのだ。その中で自分を燃焼させせよう）

かよは思いから解き放たれ、すっくと立ち上がった。

著者プロフィール

河相 洌（かわい きよし）

1927年カナダのバンクーバー市に生まれる。

1945年慶應義塾大学予科に入学するが、２年後失明のため中退。1952年慶應義塾大学に復学。1956年文学部哲学科卒業。

滋賀県立彦根盲学校教諭を経て、1960年静岡県立浜松盲学校に奉職。

1988年浜松盲学校を退職、現在に至る。

著書に『ぼくは盲導犬チャンピイ』（偕成社文庫）、『盲導犬・40年の旅―チャンピイ、ローザ、セリッサ』（偕成社）、『ほのかな灯火―或盲教師の生涯』『大きなチビ、ロイド―盲導犬になった子犬のものがたり』『花みずきの道』『回想のロイド』『想い出の糸』『妻・繰り返せぬ旅』『雲と遊ぶ少年』『青春の波濤』（以上　文芸社）がある。

花の行方

2023年１月15日　初版第１刷発行

著　者　河相 洌
発行者　瓜谷 綱延
発行所　株式会社文芸社
〒160-0022　東京都新宿区新宿１－10－１
電話　03-5369-3060（代表）
03-5369-2299（販売）

印刷所　図書印刷株式会社

ISBN978-4-286-27039-5